魔豆

魔豆

Priest of Light
光之祭司
香草——著
8
vol.

光之祭司

Priest of Light

8

目錄

丹尼爾
半精靈，弓箭手。
擁有空靈的外貌，卻個性彆扭，行事粗魯。
布倫特
龍族（火龍）。
冒險團隊隊長，高大健壯，沉穩又可靠。
Priest of Light
光之祭司
CHARACTERS

艾德
人族祭司。
體弱多病，但身懷強大的光明之力。
埃蒙
獸族（猞猁）。
活潑開朗，某方面卻很自卑。極有殺手天賦。
貝琳
獸族（獰貓）。
外表溫柔，性格卻頗為強勢。擅長各種武器。

01.
幕後黑手

遇上戴利這個妖精前，阿諾德一定想不到像自己這種糙漢子，竟然有天會當上孩子的保母，而且還當得心甘情願。

雖然稱不上無微不至，但至少在他照顧戴利的這些日子裡，孩子被他養得白白胖胖的，而且彼此關係很好，因此阿諾德一直驕傲地認爲自己是個非常稱職的監護人。

要知道妖精調皮、又愛惡作劇，一般人都是「聞妖精色變」，鮮少能像他這樣與他們相處得這麼好的。

然而阿諾德這種滿滿的自豪感，在碰到傑瑞德這個「眞·育兒專家」後，很快便被秒成了渣渣。

一開始，阿諾德對傑瑞德充滿戒備。

畢竟對方負傷倒在路邊的狀況實在太可疑，雖然他的解釋很完美，可這也只是傑瑞德的片面之詞，誰都無法證明話中眞僞。

因此與傑瑞德同行後，阿諾德總是暗暗觀察著對方的一舉一動，試圖從他平日的言行舉止中驗證身分。

雖然無法證實傑瑞德是精靈護衛隊的一員，可對方的其他自我介紹卻一點兒也沒說錯，甚至還太謙虛了。

不愧是經常幫族人照顧孩子的人，傑瑞德帶孩子真的很有一套。

阿諾德甚至不得不承認，在耐心與引導孩子的技巧上，傑瑞德比他好多了，簡直可以完全吊打他。

即使戴利現在已經變得乖巧許多，但仍不是一般的難搞，然而傑瑞德就是能輕鬆地化解戴利的惡作劇，還抓準了對方單純貪玩卻沒有惡意的性情，善用精靈族那張漂亮又無害的俊臉。

每次戴利對傑瑞德惡作劇後，傑瑞德便會露出委屈受傷的表情，詢問：「難道戴利你討厭我嗎？」

精靈族的外貌得天獨厚，全都長得精緻漂亮，傑瑞德自然不例外，再加上他現在受著傷，看起來更加柔弱了。

看到傑瑞德露出難過的表情，戴利有點被嚇到。

傑瑞德見狀，繼續乘勝追擊：「你討厭我也不要緊，我喜歡你就好了。」

戴利聞言臉上一紅，隨即更加歉疚了。

傑瑞德迅速掌握與戴利相處的最佳方式，很快就把孩子馴得服服貼貼。

旁觀全程的阿諾德：「……」

你的套路很熟練呢！

要不是戴利年紀太小，我還以爲你要泡他了。

無論阿諾德心裡再怎樣吐槽，事實證明傑瑞德的策略很有效。幾次下來，戴利被對方哄得無比順從，二人感情迅速升溫。

只是戴利熱情圍著傑瑞德打轉的模樣，讓阿諾德心裡總有些不舒服。

怎麼說呢……他也不只是因爲嫉妒，主要是看著他們二人相處的模式，他便莫名感到一陣彆扭。

阿諾德默默觀察了他們一段時間，這才弄清楚自己覺得不舒服的原因。

傑瑞德對戴利的一舉一動充滿引導，雖然以結果而論，的確是往好的方向發展，成功拉近二人之間的距離。

然而在阿諾德看來，這種帶著算計的交往，終究欠缺眞誠。

而且……阿諾德總覺得傑瑞德的手段就像在馴服小動物一樣，令他很不喜。

也不知道是不是阿諾德的錯覺，他感覺到一開始傑瑞德雖然也對戴利很照顧，卻沒有那般用心。直至傑瑞德知道自己一直在使用的傷藥是戴利煉製的、了解到戴利的價值後，才表現得更加和善體貼。

只是阿諾德不能肯定對方是不是故意，又或者眞的有著壞心思。畢竟傑瑞德曾提及他經常照顧族裡的孩子，也許是因爲常常面對那些熊孩子，因此他已習慣這種能夠迅速收服孩子的手段？

戴利很喜歡傑瑞德，傑瑞德也把他照顧得很好，因此阿諾德便藏起心裡的糾結，然而戴利還是敏銳地察覺出一絲異樣。

於是趁著傑瑞德不在的時候，戴利走到阿諾德身邊，老氣橫秋地拍了拍他的肩膀道：「放心吧，雖然我挺喜歡傑瑞德的，但我還是最喜歡你了！」

阿諾德被戴利的直球打得措手不及：「什麼？我、我才聽不懂你在說什麼！我沒有不高興，你喜歡誰是你的自由啊！」

嘴巴雖然這麼說，阿諾德的嘴角卻忍不住翹了起來。

戴利小大人般露出一臉無奈，心想阿諾德長得人高馬大，可原來是個傲嬌嗎？

戴利輕易便哄好了阿諾德，雖然阿諾德還是看傑瑞德有些不順眼，但對方一直表現得很完美，完全挑不出任何錯處，阿諾德便只能歸咎於這是自己的小心眼造成的情緒。

三人繼續朝奧斯維德城的方向進發，卻在快要到達目的地時停下腳步。

他們此行的目的地，竟然出事了！

發現問題時，三人位處於一片高地，雖然高度完全比不上龍族居住的山峰，可仍能清楚眺望到遠方的奧斯維德城。

充滿不祥氣息的黑霧，此刻正籠罩那座破舊城鎮，遠遠依稀還能看見一頭骨龍在半空盤旋。

打鬧的歡笑聲倏地停下，三人輕鬆的表情頓時蕩然無存，取而代之的是擔憂又凝重的神情。

奧斯維德城是一座在人類滅亡後便被廢棄的城鎮，這些黑暗力量現在之所以會出現在那，很大機率是爲了艾德等人！

即使不是因爲他們，魔族出現在那裡，還弄出了這麼大的陣仗，一定有所圖謀。阿諾德好歹是個軍人，雖然心裡直打鼓，可也不好裝作沒看見而一走了之。

他嘗試用魔法道具聯絡布倫特，然而在死氣籠罩下，奧斯維德城的魔法元素變得異常紊亂，無法如先前般正常通訊。

阿諾德暗暗爲自己打氣，心想自己就神不知、鬼不覺地走過去看看，弄清楚發生什麼事情就好。應該沒問題的……吧？

雖然現在與奧斯維德城還有些距離，即使趕過去也未必幫得上忙，可在那裡的人都是他的朋友啊！

要是自己不趕過去，將來一定會後悔的。

阿諾德，去吧！你可以的！

在心裡鼓勵完自己後，阿諾德下定決心要往奧斯維德城一探究竟，只是這麼一來，戴利的安排便成了問題。

他絕不會帶著戴利一起犯險，然而對方還小，根本無法在陌生環境下好好照顧自己，所以不能獨自留下對方。

要把戴利交給傑瑞德照顧嗎？但他們認識的時間尚短，即使對方表現得再擅長照顧孩子，阿諾德還是有些不放心。

難道真的只能帶著戴利一起去奧斯維德城？

他是瘋了才帶著孩子去涉險！

戴利看出阿諾德的猶豫，他主動牽起傑瑞德的手，對阿諾德說道：「你放心去找艾德他們吧，我會乖乖跟著傑瑞德的。」

自從戴利成為藥劑師後，為了尋找藥材，經常跟著海軍到處跑，一路增長了不少見識。

現在出了狀況，戴利不想讓阿諾德還要為他擔心，即使自己幫不上忙，也絕對不能添亂。

看到明明也很擔心冒險者們，卻沒有任性吵著要一起去，反而乖巧地主動提出讓傑瑞德陪伴的戴利，阿諾德欣慰地感受到這孩子真的成長了不少。

戴利被阿諾德老父親的眼神看得頭皮發麻，催促道：「你快點過去吧！」

傑瑞德也保證自己會好好照顧戴利，道：「請放心，我會帶著戴利去龍族領地請求支援的。」

魔法大陸的種族們，一般都是以獵鷹來傳信，畢竟能夠用來傳訊的魔法道具只有人類懂得煉製，人類滅亡的這些年來，魔法用品已變得很稀有。

要不是戴利是妖精中最出色的藥劑師，受到各族大佬的重點關注，也不會配發能夠用來通訊的魔法道具。

而這些魔法道具也有各種限制，比如在魔法元素雜亂的地方，通訊便會變得斷斷續續、甚至失靈。

且這種魔法道具各自擁有特定的魔法波長，雙方須互相記錄過才能聯絡。也就是說，阿諾德無法利用它來與龍族通訊。因此兵分兩路，讓傑瑞德帶戴利去龍族尋求救援，也是個不錯的選擇。

龍族實力強悍，傑瑞德二人在搬救兵的同時，也能夠在龍族的領地中獲得保護，一舉兩得。

原本戴利還打算把通訊道具交給阿諾德，只是阿諾德卻拒絕道：「還是你們帶著吧。」

見戴利還想說什麼，阿諾德彎下腰揉了揉孩子的頭，允諾：「你帶著這小東西，我與艾德他們成功會合後，才能夠立即聯絡你呀！」

戴利本就很擔心阿諾德這次深入險境，聽到對方的話，一陣離愁別緒更是湧上心頭。

戴利終究年紀還小，不能很好地調整情緒，說話的聲音不由得帶有一絲哽咽：「你答應我，沒事以後會立即聯絡我、立即來龍族領地找我。」

阿諾德柔和了眉眼，那張粗獷的臉上帶著溫柔的笑意：「嗯，我答應你。要勾小指嗎？」

「你很幼稚耶！」雖然嘴巴這麼說，可戴利卻立即伸出了小指與對方打勾勾，還欲蓋彌彰地說道：「我是看你想打勾，不想你失望才合作一下而已。」

阿諾德被戴利逗笑了，他勾著孩子的小指搖了搖，道：「感謝你喔！」換來了孩子煞有介事的一句：「不客氣。」

✦✧✦

阿諾德他們的猜測沒錯，冒險者們的確有麻煩了。

而且是個大麻煩！

在建築物與黑霧的遮蔽，以及遠距離等各種因素下，阿諾德只看到骨龍，卻看不見冒險者們已被魔族包圍！

同樣地，阿諾德也沒有注意到，一個所有人都以爲死去多年的人，正迎風站在骨龍背上！

對於這個隨同眾多魔族現身的男子，艾德絕不陌生：「艾尼賽斯!?」

艾尼賽斯曾在人類帝國擔任官職，對艾德來說是熟悉、甚至稱得上是朋友的人。

雖然對方此刻的模樣已與他記憶中的樣子有著很大差異，可艾德還是一眼便認出來了。

在場的兩名龍族也認識艾尼賽斯，他們同樣露出無法置信的神情。

其中布倫特的表情最爲複雜，身爲對方的血脈親人，看到本以爲早不在人世的艾尼賽斯安然無恙，原是一件值得高興的事。

可偏偏他卻與眾多魔族一起出現，怎樣看都不像個好人，這便讓布倫特才剛生起的興奮情緒變得很複雜。

這麼多年過去，艾尼賽斯的外貌依然如失蹤前的模樣，然而在許多細節卻又有著很大不同。

以前的他，雖然不如一般龍族強壯，但有著健康正常的膚色，可現在的皮膚卻是毫無血色的蒼白，而且眼下有著深深的黑眼圈，彷彿已經很久沒有睡眠。

只是他的神情並沒有失眠造成的萎靡不振，反而帶著一種異常亢奮。雖然艾尼賽斯現身以來一直表現得文質彬彬，可神情總透出一絲不正常的癲狂，再紳士的舉動也給人不舒服的感覺。

最重要的是，對方渾身散發死氣，蒼白的皮膚上有著蜘蛛網般的黑色斑紋，那似乎便是死氣大量聚集的痕跡。

現在的艾尼賽斯就像那些被死氣侵蝕而異變的妖獸似的……

不！光以死氣的濃度來看，雖然艾尼賽斯依然維持人形，可卻比變異妖獸更像魔族。

其他人倒是不認識艾尼賽斯，不過看到艾德幾人警戒的神情，即使對方如此親暱地喊艾德爲「我的皇子殿下」，還是覺得這個與魔族一起出現的傢伙有著很大問題！

艾尼賽斯完全不把艾德等人的戒備放在眼內，他甚至禮貌地與其他人頷首打招呼，就像許久不見的老朋友。

即使布倫特發現無法正常使用通訊魔法道具後，當著他的面放出訊號彈向龍族尋求支援，他也沒有出手阻止的意思，讓人一時之間難以弄清楚他的立場。

賽德里克質問：「艾尼賽斯，你爲什麼會跟魔族在一起？」

艾尼賽斯忍不住輕笑起來，顯然覺得這個問題很蠢：「當然是因爲這些魔族是我帶來的啊，這麼明顯的事情你看不出來嗎？」

接著便不再與眾人廢話，他完全沒有解釋的意思，手一揮，那些包圍冒險者們、蠢蠢欲動的魔族，頓時一哄而上！

魔族數量眾多，且它們並不是因死氣影響而異變的妖獸，是眞正從深淵出來、身懷純粹死氣的魔族！

艾德還記得他剛甦醒不久便遇到了一波魔族的襲擊。那時候只是幾隻魔族流落到邊境的聚居地，卻出動了整個聚居地的戰力才足以消滅它們。

現在魔族的數量比那時多出數倍，而他們卻沒有一整個小鎮的軍隊來幫忙。這些年因爲結界的阻擋，再加上各種族全力消滅魔族，在魔法大陸上出現的魔族寥寥可數。

看著眼前魔族驚人的數量，眾人不由得猜想艾尼賽斯是否把所有成功逃脫結界的魔族都帶來了。

最可怕的是，他們的敵人不僅這些數量龐大的魔族，空中還有一頭光看便不好惹的骨龍虎視眈眈，更別說不知深淺的艾尼賽斯了，同樣令人不得不戒備！

但即使身處劣勢，冒險者們依舊臨危不亂。在魔族動手的瞬間，艾德隨即舉起大祭司的權杖，金色聖光迅速以艾德爲中心向外擴散，形成一個把眾人包裹在內的保護盾。

光盾擋住了魔族的第一波衝擊，所有觸及聖光的魔物都被灸傷，四周頓時充斥一陣燒焦臭味。

趁著這個空檔，艾德施放聖光祝福至同伴身上。

魔族悍不畏死地衝撞著防護盾，它們的數量太多了，雖然每一次的衝擊都會被聖光灸傷，然而防護盾也在一次次衝撞中被削弱強度。

骨龍拍動翅膀仰天長嘯，朝防護盾噴出一道黑色龍炎。終於，由聖光組成的防護盾在骨龍的攻擊下破碎了。

雖然艾德反應快，迅速補上另個防護盾，然而已有不少魔族趁機衝了進來。短兵相接，冒險者們正面迎上魔族的攻擊！

兩個防禦力最爲強悍、體格健壯的龍族在隊伍的最前方，成功阻擋魔族的攻勢。獸族姊弟遊走在眾多魔族之間，每次都從刁鑽的角度出手，令敵人防不勝防。

在四人的保護下，艾德與丹尼爾處於隊伍後方。前者穩住護盾的同時，也迅速爲隊友補上帶來各種增幅效果的祝福。後者邊保護艾德，邊往上空的骨龍射出被聖光加持的箭矢，將想要降落的骨龍逼回去好幾次，引來它的連連怒吼。

骨龍再次向眾人噴出龍焰，但這次艾德有了經驗，及時喚出光盾擋住。隨之而來的便是丹尼爾的箭矢，二人合力之下，把造成最大威脅的骨龍逼得只能盤旋在上。

雖然艾德等人實力堅強，也配合得很好，然而魔族的數量卻是碾壓性的。前線戰鬥的人幾乎是以傷換傷，每殺一個魔族，對方死前同樣在己方人員身上留下不輕的傷勢。

艾德既要穩定防護盾，以防更多魔族闖入，又要忙著治療同伴，並且爲他們施加各種祝福……雖然被大家護在後方，可卻是眾人之中最忙碌的。

就在全部人的注意力被噴火骨龍吸引時，有魔族成功擋住了埃蒙的去路。埃蒙一直依靠敏捷靈巧的動作周旋在魔族之間，畢竟硬碰硬地正面迎敵非他所擅長，因此行動被堵，對埃蒙來說便很致命。

只短短數十秒，被魔族攔截的埃蒙已險象環生。

貝琳見狀，立即想上前救援。然而她與埃蒙同樣不擅長強攻，要撞開敵人的包圍趕至埃蒙的身邊並不容易，一時之間反倒動彈不得。

埃蒙在魔族的圍攻下動作變得愈發遲滯，最終退無可退，一頭魔族舉起尖銳的前爪，眼看下一秒就要狠狠抓下！

布倫特咬牙硬抗阻擋著自己的魔族的一擊，龍族強悍的體魄，讓他即使受了重傷依然沒有失去戰鬥力，竟硬生生撕開了埃蒙身邊的包圍圈，在最後一刻趕到對方身邊，揮劍把那隻要命的爪子斬斷！

雖然成功救下埃蒙，可受了重傷的布倫特也快支撐不住，要不是旁邊的貝琳及時支援，加上有艾德的治癒術爲他療傷，他早已經倒下！

可以說，冒險者們經歷過這麼多場戰鬥，也沒有這麼慘烈、戰力這麼不對等的情況。

可即使如此，他們仍然沒有逃跑，畢竟他們已被魔族包圍，逃跑也沒用，何況多年來的戰鬥經驗告訴他們，轉身逃跑只是向敵人暴露自己的弱點，正面迎敵、等待救援才是上策。

現在只祈望龍族的支援能夠盡快趕到。

賽德里克是第一次在實戰中感受到艾德的力量，他只覺得在聖光的加持下，無論力量還是速度，都有顯著的提升。最重要的是，以往對抗魔族時，因爲敵人擁有自癒能力，再強的攻擊也會大打折扣，還得提心吊膽地怕魔族的血液與死氣侵蝕。現在有了祭司當後盾，這些竟然都不是問題了。甚至還因爲聖光對死氣的剋制，反倒換成魔族的實力無法正常發揮。

最後，布倫特受傷一事，賽德里克看見他身上的傷口以肉眼可見的速度恢復，忍不住露出震驚的神情。

賽德里克有些明白爲什麼艾德能夠獲得各種族大佬的重視，甚至身爲「人類」的他，爲何會被寄予厚望了。

望著這名沐浴在聖光中的祭司，他甚至不由自主地想，如果人類沒有滅亡，他們對抗魔族應該會變得輕鬆許多吧？

所以羅諾德大人要求自己殺掉艾德這個唯一擁有剋制魔族力量的祭司……真的對嗎？

一直以來崇拜著羅諾德的賽德里克，首次對對方的決定產生質疑。

不過羅諾德之所以要殺死艾德，主要是不想被人查出艾尼賽斯與魔族勾結，也許龍族才應該揹負召喚魔族的罪孽。可現在艾尼賽斯堂而皇之地與魔族一起現身，他們也沒有將艾德滅口的必要了。

只是不待賽德里克多想，源源不絕的魔族逼得他只能專心應敵，心裡生起的一絲對上級的質疑，也隨之消散。

02.
背刺

布倫特發出的求救訊號順利被巡邏的龍族接收到，那名龍族衛兵飛到最接近奧斯維德城之處，遠遠便看見充斥在城鎮四周、令人厭惡的死氣，他立即知道冒險者們出事了！

那衛兵正好是支持羅諾德的一派，他想了想，沒有把事情告知龍王，而是直接向羅諾德匯報。

雖然龍王的實權這些年來已被羅諾德分走不少，可他積威已久，這名巡邏兵略過了他選擇把這麼重要的情報只告知羅諾德，心裡不免有些發虛。

不過想想魔族出現在這麼接近龍族居住地的地方，對龍族來說是個值得重視的危機。要是羅諾德大人能夠完滿解決事情，便是一件了不起的功績。

既然事情被自己這個忠於羅諾德的部下發現，那就是天意了，豈能把提升威望的機會拱手讓人？

反正龍王無法變回龍形，根本不能成爲戰力。他們主動解決危險不正好嗎？

再說，發出求救訊號的是布倫特，羅諾德大人身爲父親前往支援合情合理，就不打擾陛下了。

這麼想著，巡邏兵便說服了自己，對自己的決定心安理得了起來。

巡邏兵的處置獲得羅諾德的讚賞，他的想法也是一樣，危機往往伴隨著機遇，即使龍族再不重視奧斯維德城，現在那裡也是他們的領地。而且那座城鎮還與龍族的居住地這麼接近，處理得好絕對是一件功績。

羅諾德急功心切，再加上求救的人之中有他的得力下屬與獨子，可謂師出有名。因此他迅速召集了一些追隨自己的族人，便往奧斯維德城趕去。

雖然羅諾德得知事情後已立即出發，然而到達龍族新舊領地交接處後，他們必須化成人形步行前進，還是花了一些時間。

因此當龍族趕到時，魔族的包圍圈已愈發縮小，艾德等人的狀況岌岌可危。

此時冒險者們身上皆有不同程度的傷勢，艾德卻是分身乏術，他必須全力保全搖搖欲墜的防護盾，拖延時間等待救援，因此同伴的傷勢只要沒有危及性命，艾德都只能無奈地暫時無視。

其中賽德里克最倒楣，他被一頭身形巨大的魔族撞到腦袋，瞬間暈倒在地，成了第一個失去了戰鬥力的人。

就在阻擋魔族的防護盾終於支撐不住、破碎時，龍族正好趕到，可算是出現得非常及時了。

站在骨龍背上的艾尼賽斯居高臨下，是率先發現龍族趕來的人。

見龍族趕至，他讓骨龍拔高了些，高高在上地俯瞰下方戰場的變化。

位於空中的骨龍實在顯眼，因此龍族在城鎮外便已發現它的存在。

至於站在骨龍身上的艾尼賽斯，卻因爲角度問題而沒有被龍族發現，但他暫時也沒有現身與故人會面的意思。然而光是骨龍，就足以讓龍族的人震驚了。

「眞的是骨龍？不是我的幻覺？」

「是潘蜜拉，眞的是潘蜜拉！」

「我、我沒有看錯吧？」

「是潘蜜拉沒錯！看，它不是少了一根翼骨嗎？」

「是真的，我也看到了！」

骨龍的出現在龍族中造成一陣騷動，對龍族來說，它是個傳說級別的惡靈，任誰看到都無法冷靜。

羅諾德自然一樣，不過他還記掛著陷在戰場的布倫特與賽德里克，以及打敗這些魔族後將帶來的榮耀，便出言把部下的注意力拉回戰場：「不論這骨龍到底是不是潘蜜拉，它跟魔族一起出現就是敵人，只管消滅它就好！」

羅諾德的話說得有理，既然是敵人，那便只有盡全力除掉對方這個選擇，何必理會骨龍到底是誰？

何況「骨龍」一直是龍族中的恐怖傳說，要是他們能夠消滅它，絕對能在族中大大出名！

在名利心驅使下，原本有些驚恐的龍族戰士，此刻看向骨龍的眼神無比熾熱。

羅諾德一聲令下，龍族便浩浩蕩蕩地往魔族群中衝去！

龍族攻擊力之強，是所有種族之最，即使現在的他們無法自由變回原形戰鬥，實力依然不容小覷。有了他們的加入，艾德等人壓力大減，一面倒、被壓著打的情況漸漸緩和，最後更有逆轉之勢。

失去了尖銳的爪牙、強而有力的尾巴，不代表人形龍族好惹，他們用自身鱗片打造而成的武器能夠放出龍焰，一時之間風、火、水、土……各種元素力量在戰場上爆發，將圍堵在冒險者們四周的包圍圈打散。

艾德趁這喘息的空檔，唸出一段艱澀的咒語，隨即冒險者與龍族身上浮現出一片聖潔金光，不僅提升了各種屬性的數值，身上的傷勢也在聖光下復元了。

覆蓋在戰場上的聖光除了對同伴的能力有著增幅效果，還大大削弱了敵人的實力。所有被聖光照耀到的魔族都發出淒厲的嚎叫聲，身上冒出被炙傷的黑煙。就連最爲強大的骨龍也拍振著翅膀再次拔高高度，遠離艾德的施法範圍。

這還是艾德獲得權杖後，初次使用覆蓋範圍如此廣闊的群體技能。畢竟以往戰鬥時同伴數量不多，施展群體祝福只會浪費魔力而已。

群體技能雖然效果顯著，消耗的魔力卻十分可觀，唸誦咒語需時，且施法後會有一段虛弱期，在這段時間裡，艾德無法使用任何法術。冒險者們知道這點，因此雖然魔族的包圍圈已被龍族外援衝散，可他們卻沒有選擇在此時突圍，而是留守在艾德與暈倒的賽德里克身邊保護他們，等待龍族殺過來會合。

但冒險者知道艾德施放技能的副作用，龍族的其他人卻不清楚。雖然他們驚訝於祭司擁有的強大輔助能力，可是看到艾德竟然需要這麼多人保護，仍免不了對他充滿輕蔑。

龍族大多想法單純，內心沒什麼彎彎繞繞，在慕強的天性下，自然看不起需要多人保護的艾德。只有像羅諾德這些高層才會多做思考，敏銳察覺到艾德的價值。他們多年來對死氣束手無策，與魔族的戰鬥常常無法發揮真正實力。現在知道了光明祭司擁有大幅增加同伴實力、削弱魔族的力量，以艾德所展現的價值，別說一支冒險者菁英小隊，即使再多派一倍的人來保護他也是值得的！

想到這裡，羅諾德眼中浮現一絲惋惜。

眞是……太可惜了……

羅諾德帶領龍族的部分菁英，邊打邊往處於戰場中心的艾德等人前進。

原本羅諾德還以爲要與冒險者們會合得花費不少力氣，然而彷彿就像上天都在幫助他一樣，擋住他們去路的魔族要不是正好在攻擊別人，要不便是魔族的實力剛好不強，能被輕鬆斬殺。

不出一會，羅諾德便成功與艾德幾人會合，他不滿地對冒險者們說道：「你們不戰鬥，留在這裡幹什麼？」

布倫特解釋：「施展剛剛的魔法後，艾德會有一段虛弱期，這段時間需要我們的保護。」

羅諾德皺起了眉頭，道：「那也不用所有人都待在這裡！留下一、兩個人貼身保護他就好。不見現在龍族加入後戰況逆轉了嗎？你們不乘勝追擊，卻爲了一個人類而浪費戰力？」

羅諾德這句輕蔑的話讓冒險者們很不舒服，雖然因有龍族的支援形勢變得大好，可也不能忽視艾德的功勞呀！

沒有聖光加持，龍族能像現在這般毫無顧忌地與魔族作戰，而不用擔心死氣的侵蝕嗎？

羅諾德看出布倫特對他的話不服氣，正要以身分施壓，艾德立即打圓場說道：「我沒關係的，休息一下就好。趁現在魔族亂了陣腳，你們去戰鬥吧！」

艾德作爲被質疑的當事人，當然也感到很不爽，可現在他們還在戰場中，一切應以大局爲重，爲了這種事吵起來眞的沒有必要。還有這麼多魔族未被擊殺，怎能自己人先亂起來呢？

見艾德識時務，羅諾德的表情才好看了些，並且直接轟走猶豫不決的丹尼爾等人：「怎麼？我跟布倫特留下來就好，當事人都說沒關係了，你們硬要留在這裡，是怕死還是信不過我們？」

其實大家都覺得羅諾德眞的沒事找事，怎麼說著說著就變成了他負責照顧艾德，其他人留下來就不行了？

好吧……也許保護艾德的人真的太多了，有點礙了這位討厭人類的長老的眼……

布倫特對自家父親的惡劣態度很不好意思，但他更不想眾人吵起來，只好安撫丹尼爾幾人：「我會好好保護艾德的。」

丹尼爾雖因羅諾德的咄咄逼人而一肚子氣，不過看在布倫特的面子上，最終沒有與對方吵起來。

冷哼了聲後，直接與獸族姊弟再次投身戰場。

布倫特如自己承諾的，把暫時失去力量的艾德保護得很好，戰鬥間也一直沒有離開艾德身邊，更有意無意地隔開艾德與自家父親。

他可沒忘記賽德里克曾摸進艾德的帳篷，布倫特完全不相信賽德里克暗戀艾德的這個說法，他更傾向是對方想對艾德不利。

賽德里克與艾德無怨無仇，他對艾德起殺心，很大機率是羅諾德授意的。

雖然羅諾德多次保證不會對艾德不利，可布倫特很清楚自家父親的性格，他覺得還是小心點比較好。

然而似乎是布倫特多想了，羅諾德竟然也把艾德護得很好。雖然他表現得很不耐煩，但在保護艾德這件事上，偶爾仍會搭把手，不像是要殺人的態度。

在龍族與冒險者們協力之下，魔族節節敗退，就在形勢一片大好之際，上空的骨龍突然發難，向下方噴出了帶腐蝕性的黑色龍炎！

眾人下意識想要閃躲，卻發現身上浮現陣陣金光，先前艾德施加的守護祝福已先一步擋開這些黑炎，現在完全傷不到他們分毫。

但一時之間黑炎淹沒了戰場，所有人的視線全被黑色取代。

他們只能看到自己身上浮現金色聖光，然而這股光芒在黑炎的包圍下卻不足以照明前路，即使僅是幾步之外的同伴，也無法看清。

魔族不受黑炎死氣的影響，它們潛伏在黑暗之中，趁著眾人視力受阻伺機而動。漆黑中傳來陣陣交戰聲，人們除了要提防魔族的偷襲，還要小心別誤傷友軍，場面頓時一團混亂。

失去視力本就讓人緊張，何況黑焰中還有魔族蠢蠢欲動，暫時沒有自保能力的艾德心裡不免慌亂，他憑藉著印象往布倫特所在位置走去。

突然一道身影向他走來，艾德勉強能夠看到對方身上散發著微弱的光芒。

艾德知道發出聖光的人必定是友軍，在這種狀況下，他也顧不上對方是誰了，立即往對方靠過去，以尋求保護。

很快地，艾德發現對方也在向自己靠近，隨即便聽到一個上了年紀，但仍不失威嚴的熟悉嗓音：「艾德？」

認出對方的身分後，艾德鬆了口氣，道：「是我……」

然而他話還沒說完，就感到對方突然伸手把他用力推擋開去。那人力道很大，艾德整個人被他推得往後倒去，緊接著身體傳來了一陣劇痛！

染血的視線中，一條帶著尖銳尾刺的魔族尾巴從後刺穿了他的身體，尾端直接透胸穿出！

艾德整個陷入茫然，一時之間弄不清楚發生了什麼事。

羅諾德他……把我推到魔族的身邊？

爲什麼？

隨即艾德想起賽德里克對自己的敵意，想起艾尼賽斯與魔族爲伍……

想起，那個在回憶片段裡看到的、在邪教據點中的徽章。

也許是死前的迴光返照，艾德混沌的思緒變得清晰起來。

當年深淵的降臨，很有可能與艾尼賽斯有關，那麼龍族是否會爲了掩蓋眞相，選擇把知情人士滅口？

丹尼爾他們不會在意邪教的事情，就只有自己這個倖存下來的人類才想要尋找人類滅亡的眞相。如果有人想讓他們停止追查，那麼殺死自己是最佳選項。

可即使是自己，也是直到艾尼賽斯帶著魔族現身，才知道對方已經叛變了啊！唯一的解釋，便是看過記憶片段的人之中，有人先一步認出徽章是屬於艾尼賽斯的東西，並且隱瞞了他們，偷偷告知龍族這件事……

那個人，是布倫特嗎？

祭司擁有強悍的治癒能力，貫穿胸口的傷勢對於別人來說必死無疑，可對手持大祭司權杖的艾德來說，仍能保有一線生機——如果他還可以使用治癒術的話。

可惜現在艾德正處於使用群體祝福後的虛弱期中，不僅無法調動體內聖光治療傷勢，甚至無法阻止死氣侵蝕傷口。

很快地，艾德流出的血液變成不祥的黑色，他渾身疼痛發冷，意識逐漸模糊。

好不甘心啊！

我還沒找出人類滅亡的原因，怎能就這樣死去？

而且……我還想問問布倫特……到底爲什麼？

爲什麼我如此信任他，他卻出賣了我？

布倫特在這次的事件中，扮演著怎樣的角色？他是眞的想置我於死地嗎？他對我的友善與情誼，全都是假的嗎？

在生命最後的瞬間，艾德似乎想說些什麼，只是他張開嘴巴後卻只咳出黑色的血液，就此嚥下了最後一口氣……

艾德死後，身上聖光全數消散。死亡時，他的血液已被死氣污染，要是不盡快處理屍體，只怕會異變成新的魔族。

作爲一名祭司，只怕沒有比這更加諷刺的死亡了。

雪糰一直待在艾德身邊，目擊了整個凶案的經過。自艾德受傷後，牠一直往艾德身上施放聖光。可惜雪糰的力量不足以處理這種傷勢，再努力也只是徒勞無功。

可即使艾德已死，雪糰依然沒有停止動作，彷彿牠會一直努力營救，直至自己力竭爲止。

羅諾德看得皺起眉頭，心想唯一的光明祭司已經沒了，這隻小鳥說不定有用，可不能在這裡有什麼閃失。

於是他揮手弄暈雪糰，隨即斬殺了殺死艾德的魔族。

當黑炎散去，布倫特看到的便是羅諾德一手抓著失去意識的雪糰，並揮劍斬斷魔族尾巴的畫面。

艾德的胸口被敵人尾巴貫穿，魔族死去後身體化爲飛灰，失去支撐的艾德整個人掉落在地，生死不知。

「艾德！」

布倫特趕至艾德身邊，看到他致命的傷勢，一時之間不敢觸碰，顯得不知所措。

羅諾德把雪糰丟給一旁的兒子，道：「他死掉了，魔族趁著黑炎襲來時攻擊，我來不及救人，抱歉。」

布倫特卻不相信羅諾德的說詞：「眞的嗎？可明明艾德就在我的旁邊，爲什麼會換了位置？是你做了什麼嗎？」

被黑炎阻擋視線之初，布倫特已立即往艾德走去，然而艾德早不在原位了。

再看艾德被魔族襲擊的位置，根本超出了他們的保護範圍……這也太奇怪了！眞的不是羅諾德借魔族之手殺死艾德的嗎？

羅諾德嚴厲地喝止了布倫特：「閉嘴！我知道你很傷心，可這不是你可以像瘋狗般胡亂攀咬別人的理由！」

布倫特心裡依然充滿懷疑，可苦於沒有證據，畢竟當時誰都看不到到底發生了什麼事。

布倫特悲慟地跪在艾德身邊查看他的狀況，對方的確如羅諾德所說已經死去，身上的傷勢都是由魔族造成，看不出其他人爲成分。

艾德的眼睛沒有合上，彷彿帶著遺憾般不願閉起。那雙紫藍色眸子依然美麗，卻因失去靈魂而沒有了往日的靈動。

此時，丹尼爾與獸族姊弟聞聲趕來了。

「艾德他怎樣了!?」埃蒙焦急詢問，神情卻帶著已經知道答案，卻害怕被證實的惶然。

布倫特沉默地搖了搖頭，並伸手爲艾德合上雙目。

一切盡在不言中。

「怎、怎會……」貝琳無法置信地摀住嘴巴。自從成爲冒險者的一刻起，他們早已做好了犧牲或失去同伴的心理準備，可卻想不到他們的隊伍中，最先死去的竟是作爲後援、很多時候不用正面面對魔族的艾德。

「可惡！」丹尼爾緊握拳頭，以往穩穩握著弓箭的手，此刻卻是止不住地顫抖。

他的心裡滿是怒意，卻不知該向那些該死的魔族，還是沒有把人保護好的羅諾德與布倫特發洩。

丹尼爾很想責怪布倫特，艾德出事時他就在旁邊，爲什麼沒有把人守護好？然而看見布倫特死灰般的悲痛神情，責怪的話終究沒有說出口。

其實丹尼爾心裡也很清楚，戰鬥中難免出現傷亡。他只是在遷怒，想要找個人宣洩情緒而已。

羅諾德看著血泊中的艾德的屍體，終於鬆了口氣，卻又忍不住感到惋惜。

眞是太可惜了，世上唯一一名祭司就這樣死去……即使是討厭人類、親手造成這個局面的羅諾德，也深覺十分可惜。

但即便知道自己會這麼想，羅諾德對艾德的殺意卻從沒減少，特別在他看到那頭飛翔在上空的骨龍後，更是刺激他想盡快殺死艾德的決心。

艾德的存在就像顆不定時炸彈，心裡埋藏多年的祕密可能隨時會被揭發，這壓得羅諾德喘不過氣，讓他不由得憎恨上艾德。

怪就只怪你硬是要翻舊帳吧！

明明事情都過了這麼多年，即使把魔族出現的事扯到龍族身上又怎樣？

洗清了冤屈，死去的人類就能活過來？

活著的人難道不比死去的更加重要嗎？

既然你不給龍族活路，那就別怪我心狠手辣！

這麼想著，羅諾德又覺得自己眞是英明無比。在龍族危機出現前，就將它扼殺於萌芽階段。

布倫特也許會因此記恨自己，不過羅諾德卻不介意，他們是血脈相連的親父子，他又怎會爲了死去的外人與自己斷絕父子之情？他終有天會明白自己的苦心。

羅諾德正志得意滿之際，上空卻傳來了一道輕笑，那人語帶揶揄地說道：「兄長，好久不見了。看到你還是一點兒都沒變，眞的太好了。」

羅諾德霍地抬頭，在消散的黑炎中，看到一直被他們忽略的、站在骨龍背上的身影。

03.
兄弟相見

看到那個站在骨龍背上意氣風發的身影時，羅諾德幾乎以爲自己眼花了。

經過這麼多年，他竟然會在這種情況下與自己的親弟相見！

他與其他人一樣，都以爲艾尼賽斯已在多年前於魔族入侵時，死在人類的國度。

羅諾德頓時心裡一沉，既然艾尼賽斯早已出現，也就是說對方與魔族勾結的事已經不是祕密。

那麼，剛剛他冒著風險殺死艾德、殺死了這個世界上唯一的光明祭司，還有什麼意義嗎？

我到底……幹了什麼蠢事啊……

殺死艾德後，羅諾德首次因爲自己的決定感到後悔。

然而這股悔意卻不是因爲他奪走了一條無辜的生命，只是因爲那個死去之人也許還存有可以利用的價值，而他的出手也沒有獲得預期效果而已。

羅諾德帶來的龍族都是他的親信，這裡大部分人都與艾尼賽斯認識，他們立即認出了對方，眼珠子驚訝得要瞪了出來。

羅諾德臉色陰沉，不知在想什麼。聽到身邊的人都在討論骨龍背上之人的身分，他語氣強硬地說道：「不，他不是艾尼賽斯！這是假的，是魔族的詭計！」

「可是……」有人還要反駁，雖然外貌有些不同，可這分明就是艾尼賽斯啊！

「沒有可是。」羅諾德嚴肅說道：「我的弟弟早已死了，這只是個冒牌貨而已，絕對是魔族的陰謀！」

聽羅諾德說得斬釘截鐵，眾人很快反應過來。

艾尼賽斯是羅諾德的親弟，要是他成爲魔族的爪牙，那羅諾德、甚至龍族的處境，便很尷尬了。

這人必須是假的！

無論信與不信，在場的龍族戰士都附和羅諾德的話，至於他們心裡眞正是怎麼想的，只有他們自己知道了。

羅諾德想不到自己嚴防死守著不讓所有對龍族不利的消息傳開，結果艾尼賽斯的出現完全破壞了他的努力。

看到艾尼賽斯的人太多了，再加上丹尼爾幾人不像艾德那樣無依無靠，羅諾德可不敢對他們下殺手，唯一能做的便只有死不承認艾尼賽斯的身分了。

然而艾尼賽斯的想法卻與羅諾德背道而馳，他根本不在意龍族，亦完全不想低調。相反地，龍族正是他這次前來的目的之一。

對著這些裝傻的昔日同族，艾尼賽斯直接把話說開：「怎麼了，哥，你以前對我在研究死氣這件事一直假裝毫不知情，現在看到我與魔族一起出現，還要裝作不認識我嗎？」

艾尼賽斯的話，在龍族中引來一片譁然。

如果他說的是眞的，也就是說早在人類滅亡以前，艾尼賽斯便在研究死氣，他很可能才是導致魔族出現的元凶！

而且羅諾德早已知道這事情，卻選擇包庇弟弟。

是爲了手足之情嗎？還是因爲研究死氣可能帶來的利益？

無論原因是什麼，羅諾德的隱瞞都是罪無可赦。如果一開始他便阻止艾尼賽斯研究死氣，也許就不會有魔族入侵的事，也不會有這麼多人在戰爭中喪生！

這麼一想，同行龍族看向羅諾德的眼神變得有些不對了。

當中最受打擊的絕對是布倫特，他一直相信自己父親的說詞，認爲對方之所以不擇手段也要掩蓋艾尼賽斯與邪教的關係，是爲了守護龍族。雖然他不贊成傷害無辜的做法，但還是會因爲父親對龍族的維護而動容。

可現在艾尼賽斯卻告訴他，羅諾德其實沒那麼高尚。相較於守護龍族的聲譽，也許對方更想要遮掩的是自己的知情不報！

這對布倫特來說，無疑顚覆了他對父親的認知與期許。

特別是在艾德已經逝去、大錯已鑄成的現在，眞相更是讓布倫特心如死灰，恨不得代替艾德死去。可無論他再後悔，一切已無法挽回。

彷彿覺得龍族受到的打擊不夠，艾尼賽斯又道：「不過我也理解兄長你爲什麼不肯認我，畢竟你爲了掩蓋這個祕密，還把艾德殺人滅口了。我可是很體貼的，知道兄長你想做什麼，故意讓魔族開路給你到艾德的身邊，還讓潘蜜拉幫忙遮擋視線，方便你下手，不然你也沒辦法這麼輕易就把人弄死。看在我們幫了你這麼大的忙的份上，兄長你就別再待我如此冷淡了，不然眞的傷透我的心了呢！」

艾尼賽斯故意把羅諾德的罪行昭告天下，還很「貼心」地令所有魔族暫時停止攻擊，好讓在場的人可以聽清他們的對話。

而這番話也的確造成了不小的騷動，畢竟它背後的含意可比單純一名龍族族人與魔族勾結有意思得多了。

如果艾尼賽斯的話是眞的，羅諾德就是讓魔族入侵的幫凶。

更可怕的是，艾德不知怎地察覺到這些破事，羅諾德爲了遮掩，直接就把人殺了。

雖然艾德是被魔族殺死，可事發時羅諾德就在他旁邊。當時艾德沒有自保能力，誰知道是不是羅諾德故意把人推到魔族旁邊，讓魔族代勞的呢？

原本因爲艾德的死而悲痛不已的冒險者們，聽到艾尼賽斯的話頓時炸了！

「父親大人，艾尼賽斯說的話是眞的嗎？」

「你是故意的？故意把艾德推到魔族旁邊？」

「眞是太過分了！」

「我就覺得奇怪，明明艾德站在更裡面的位置，爲什麼魔族能攻擊到他!?」

面對此起彼落的質疑，羅諾德恨不得把艾尼賽斯的嘴縫上，以免他吐出更多對自己不利的話。

羅諾德本沒打算在戰場上動手，可混戰中大家的視線被黑焰阻擋，他不想錯過難得的大好機會才忍不住出手，誰知這竟是艾尼賽斯特意替他挖的坑!?

說不定對方一開始沒有現身也是故意的，都是爲了讓羅諾德保持殺心的有意爲之。

不是羅諾德把艾尼賽斯想得太過陰險，只是身爲最親近的血脈親人、也是唯一知道對方眞面目的同族，他太清楚對方在溫文爾雅的外表下，有多麼狡詐惡毒。

然而關於這些指責，羅諾德當然不能承認啊！反正對方沒有證據，他就咬死自己是無辜的，誰也拿他沒奈何。

只是，不能再讓艾尼賽斯繼續胡說八道了……

羅諾德舉起手中長劍，將劍尖對準艾尼賽斯，說道：「你別想再拖延時間了，準備受死吧！」

艾尼賽斯饒有興味地挑了挑眉，笑道：「想不到讓你歪打正著，說中我的目的了呢！」

「嗯？什麼？」羅諾德一時之間反應不過來，訝異地反問。

但他的疑問立即有了解答，只見艾尼賽斯手一揮，大量以死氣形成的不明咒文瞬間於空中浮現。

在艾尼賽斯魔法的影響下，先前艾德施加在眾人身上的祝福力量被大大削弱。相反地，魔族身上的死氣變得濃厚起來。原本像是黑霧般的死氣，此刻看起來就像某種附在魔族身上黏稠、噁心的液體。

羅諾德頓時領悟到剛剛艾尼賽斯的話是什麼意思！

原來他不小心說中了對方的目的，他真的在故意拖延時間！

而且看這些魔族的狀況……艾尼賽斯似乎擁有與艾德相似的能力，是祭司的黑暗版!?

獲得力量增幅的魔族再次發動攻擊，它們悍不畏死，再加上天生的腐蝕能力，不久便有龍族受到致命的傷害！

死氣從傷口侵蝕龍族戰士的身體，沒有祭司及時爲他們治療，被削弱的祝福已不足以保護他們。死氣隨著血液迅速蔓延到傷者全身，侵蝕他們的血肉。

這簡直是比死還痛苦的酷刑，即使是強悍的龍族戰士，也不禁發出慘烈哀號。

很快地，第一個死者出現，魔族斬下他帶著死不瞑目表情的頭顱，示威般以利爪貫穿它，並高高舉起！

而這名死者，正是羅諾德最忠誠的支持者、風之長老休伯特！

羅諾德目眥盡裂，休伯特不僅是他最看重的人，也是他多年來的好友，想不到竟然會折在這場戰鬥裡。

以休伯特爲始，愈來愈多龍族死在這裡。龍族此次因羅諾德的私心，只帶了忠於他的族人前來支援，相反地，艾尼賽斯則把所有逃離結界的魔族聚集於此；再加上魔族這方有艾尼賽斯這個能增幅死氣的暗黑版祭司，各種不利條件之下，龍族節節敗退，不僅傷亡慘重，還漸顯頹勢。

此時一直看不起艾德、覺得祭司沒有攻擊力，只會扯後腿的龍族，才驚駭地發現光明祭司的存在，在戰場中竟有如此巨大的影響！

己方逐漸不敵魔族的攻勢，羅諾德對殺死艾德一事後悔得不得了，畢竟要是連命都沒了，有再多權勢又有什麼用處？

可惜人死不能復生，即使他再後悔也已經沒用。

現在羅諾德已清楚知道，他從一開始就落入了艾尼賽斯設置的陷阱。艾尼賽斯給了他殺死艾德的機會，等能威脅到自己的祭司死去後，艾尼賽斯再現身說出眞相離間他們，實際目的卻是拖延時間，好發動這個逆轉形勢的魔法。

整個過程，他們竟然被艾尼賽斯計算得死死的！

這個心思細膩的男人，實在太可怕了！

想到這裡，羅諾德心中生起一股不安，身爲現場最熟知對方性情的人，他總覺得不只如此。

別看現在龍族節節敗退，死前拉著這些魔族賠葬的實力還是有的。何況羅諾德相信以龍王的敏銳，很快便會察覺到奧斯維德城出事，派出部下前來救援，到時候這些魔族一個也別想跑！

聚集所有脫離結界的魔族，如此大的手筆，就只是爲了殺死艾德，以及把他的罪行公告天下？

羅諾德承認光明祭司對魔族來說的確是值得重視的敵人，可艾德只有一個人，對戰況的影響終究有限。

即使艾德在這個年代甦醒，是人類爲了對付魔族而留下的後手，可艾尼賽斯眞的會因爲這虛無縹緲的猜想，犧牲自己現階段可以利用的所有戰力嗎？

然而現在的情況卻不允許羅諾德多想了，魔族施加的壓力愈來愈大，他不僅處於魔族包圍的中心位置，還得費神保護賽德里克——這傢伙已經醒過來，只是頭部受到了重擊，暫時無法自保。

照顧賽德里克也罷，好歹他是自己的部下，可布倫特等人在這種情況下還費心保護艾德的屍體，這讓羅諾德覺得很不爽。

他想了想，最終還是覺得自己的命比什麼都重要，竟丟下身邊的賽德里克，並叫布倫特別再理其他人，放棄這些累贅與自己一起突圍出去。

然而布倫特不知道是不是還在記恨，毫不理會父親的要求，就連其他冒險者也是一副無視於他的模樣，依然牢牢守護在賽德里克與艾德的四周。

羅諾德何時受過這種氣？既然對方要留下來送死，他也不攔著，丟下他們便直接衝出去與族人會合。

此時神奇的狀況發生了，魔族竟然不再包圍布倫特等人，集中火力對付龍族！

彷彿艾德死去後，包不包圍冒險者已不再重要，龍族成爲它們新的目標。

羅諾德本以爲有冒險者留下當誘餌，他與同伴會合後便能殺出重圍，誰知魔族卻突然對冒險者們沒了興趣，轉而對龍族緊追不捨？

此刻羅諾德腸子都悔青了，早知如此，他還不如留在原地等待龍王的救援！

不……應該說早知道自己謀劃了這麼久，最後卻是在做無用功，他一開始就不對艾德出手了。

有艾德抗衡艾尼賽斯，他們也不會像現在這樣一敗塗地。

沒有任何人面對死亡可以無動於衷，羅諾德也不例外，在死亡陰影籠罩之下，不禁變得急躁起來。

那些年輕、沒經歷過多少戰爭的龍族就更加不堪了，面對嗜血狂暴的魔族，這些年輕戰士的眼中甚至已浮現恐懼。

終於有人崩潰了，在避無可避、眼看便要被魔族活活咬死的瞬間，有龍族忍不住變回了龍形，逃過一死！

「這白痴！」看到這狀況，羅諾德立即明白艾尼賽斯針對龍族、不計犧牲也要把他們逼至絕境的目的了。

艾尼賽斯的目的，是要破除深淵的結界！

龍族忍不住變回原形之際，羅諾德彷彿已聽到結界因龍息不穩而發出的悲鳴！

雖然他很自私，可還是做不到爲了自身的安危而任由結界崩潰。

人的心理有時候很奇妙，某些絕對不能做的事，要是有人率先破了戒，那麼剩下的人便會產生一種「反正已經有人這麼做了，我也這麼做應該沒關係吧」的想法。即使明知道是錯誤的，可只要有了共犯、只要自己不是第一個犯戒的人，便會覺得自己的罪行也不至於那麼嚴重，畢竟若要追究，還有比自己更加罪孽深重的領頭人呢。

因此有了第一個變回原形的龍族，其他快支撐不住的龍族頓時蠢蠢欲動了起來。

「堅持住！我們即使死也不能變回原形！想想結界崩壞的後果！這是你們能夠承擔的責任嗎!?」羅諾德怒吼。

在場龍族都是羅諾德的親信，他的話還是很有影響力的。在權威之下，這些龍族咬牙苦戰，把變回原形贏取戰鬥的誘惑壓回心底。

羅諾德鬆了口氣，然而就在他放鬆心神的瞬間，異變突生！

天空中的骨龍突然俯衝，一口咬住羅諾德，並把人帶到空中！

骨龍這一口咬得很緊，它的利齒深深刺入羅諾德的身體，眼看他就要活不下來，然而龍族擁有的強悍生命力卻又讓他不會這麼輕易死去。

指揮魔族這次突襲的罪魁禍首、艾尼賽斯，狀似好心地建議：「變回巨龍的話，你說不定還有機會能活命。」

羅諾德卻不願意屈服，他這人特別注重榮耀，是那種會暗地裡幹出齷齪事情，只爲了獲得表面上的風光與名望的人。

其他龍族怎樣選擇他管不了，然而對於把龍族看得比性命還重要的他來說，打破結界令龍族成爲千夫所指，絕不是他所願。

要是身爲首領的他也選擇爲了活命而變回原形，其他部下絕對會跟隨。

到時候，一切都完了！

羅諾德眼中充滿恨意，他已經不把眼前的魔鬼視爲親人，這只是個徹底墮落、試圖摧毀龍族的仇人！

「可惡……當初知道你在研究死氣時，就不該心慈手軟留你一命……」

聽到羅諾德的話，艾尼賽斯忍不住笑了：「呵，說得好像你有多顧念親情似地。難道你當時默認我的研究，不是因爲你貪圖龍王的位子，想獲得超越黃金龍的力量嗎？」

羅諾德不願承認自身的錯誤，表情因爲傷痛而變得非常猙獰，他斷斷續續地反駁：「那……那不是我的錯……錯、錯的人是你……要不是你狼子野心……我們當初說好……就只是研究死氣，來污染黃金龍的血統……」

羅諾德不認爲自己做法有錯。黃金龍只因血統高貴，便天生擁有統領龍族的權力，憑什麼？

他只是想把高高在上的黃金龍拉下神壇而已，可沒想過會惹來魔族。這是艾尼賽斯自把自爲幹出來的蠢事，不是他的錯！

看著羅諾德急於卸責的模樣，艾尼賽斯有些意興闌珊。在他的示意下，骨龍狠狠用力一咬，直接把羅諾德的身體咬成兩截！

骨龍將羅諾德的屍體甩到半空，它的動作過於粗暴，頓時形成一場血雨，連同羅諾德的屍塊與內臟，散落了一地。

艾尼賽斯垂首看著地上的血肉，眼中毫無波動，淡然對著羅諾德的屍塊說道：「哥，你有很多機會阻止我，可惜你從來沒有過。」

如果說他殺害小動物時，已經向著黑暗的深淵墮落。那麼羅諾德往後的縱容，則是完全放縱了他的失控。

當艾尼賽斯把要殺害的目標轉向人，並且付諸實行時，他心裡的黑暗便到達了一個新的、一發不可收拾的境地。

現在對艾尼賽斯來說，魔族才是他的同伴。他喜歡死亡，期待深淵眞正降臨的一天。

那一定是充斥著死亡……非常美麗又壯觀的景致。

04.
龍族援軍

羅諾德的死，讓龍族的心理防線全面崩潰，見到自己一直追隨的強者的屍塊散落到腳邊，不少龍族戰士發出絕望的悲鳴。

然而魔族並不會因爲他們悲傷就停下攻擊，許多戰士已經心生退意。他們這次出動本就不合規矩，現在羅諾德已死，原本期盼的榮耀也成泡影，頓時全失了戰意。

在死亡的威脅下，一個個龍族變回了巨龍。恢復成巨龍的他們有著厚重的龍鱗保護，死氣對他們的傷害立時減弱不少。

巨龍們充滿仇恨地噴出龍炎，用利爪撕碎魔族。他們就像絞肉機般收割著魔族的性命，被魔族逼得變回原形保命的屈辱，只能以魔族的鮮血來洗清！

戰場瞬間血肉橫飛，一眾巨龍都殺紅了眼。要不是怕被魔族的血肉侵蝕，這些巨龍恨不得活吞這些可惡的魔族。

然而造成一切的罪魁禍首艾尼賽斯，竟然準備離開了。

龍族又怎麼甘心讓對方安然離去？他們想要把人留下來，可魔族阻擋了他們的去路，死死與龍族戰士纏鬥在一塊。

最終龍族只能忿忿不平地看著艾尼賽斯這個叛徒成功離開戰場，漸漸遠離他們的視線。

稍早之前，龍族趕到奧斯維德城的時候，龍王也收到了魔族入侵的消息。

對於羅諾德隱瞞情報、私自帶領部下救人一事，龍王完全不感意外，畢竟羅諾德對他不滿已久。在龍王威勢全盛時期，他們還能保持表面上的和平，可自從龍王因要維持深淵結界而無法變回原形後，羅諾德便不再掩飾他的野心。

雖然對羅諾德擅自行動一事很不爽，可現在不是追究這些的時候。魔族出現在奧斯維德城可不是小事，羅諾德急功近利，只帶部分心腹便輕率前往，實在令人感到不安。

龍王迅速派遣部隊支援，即使他現時實力已大不如前，依然與大部隊一起行動。

諾亞得知此事後，也要求一同前往，因身分的特殊性，龍王沒有拒絕他的要求，讓他隨部隊同行。

從籠罩奧斯維德城的死氣來看，那裡必定聚集了不少魔族，但它們一直以來都只憑本能行事，甚至有時候還會互相吞食，鮮少集體行動。

何況這座城鎮與深淵距離遙遠……

以上種種皆顯示情況不單純，龍王思及近期經常收到魔族在附近出現的情報，顯然它們是有目的性地趕往奧斯維德城。那裡到底有什麼吸引著它們，龍王認爲自己必須親自去看看。

就在以龍王爲首的部隊快要趕至奧斯維德城時，卻出現了始料未及的意外。

龍王突然噴出一口鮮血，似乎受了不輕的傷。龍族戰士都被驚到了，他們一直警戒著四周，卻沒有任何一人看出龍王到底是怎樣受傷的！

「陛下，你怎麼了!?」此行負責充當龍王與諾亞的坐騎、同時亦是王族護衛軍的軍團長——巴倫，感受到龍王氣息不穩，焦急地詢問對方狀況。

一旁的諾亞放出他的本命植物，那是株泛著銀白色、非常纖細的藤蔓。漂亮是漂亮，但看起來完全不能打，似乎只要稍微用力便會斷掉。

諾亞的藤蔓確實不太適合用於戰鬥，只見它纏繞在龍王的手臂上，頓時一陣清新的青草氣息瀰漫，大大緩解了龍王的不適。

龍王按住傳來陣陣劇痛的胸口，在藤蔓的幫助下，努力平穩體內翻騰的龍氣。過了好一會才壓下身體的不適。他感謝地向諾亞點了點頭，隨即立即向屬下下令：「有族人變回了原形……顯然羅諾德他們的狀況並不好，加快速度，盡快往奧斯維德城趕去！」

巴倫擔心龍王的身體，但對方的命令對他這個忠誠的追隨者來說是至高無上的。於是巨龍們均加快了速度，全力趕往黑霧籠罩的奧斯維德城。

然而他們才加速前進不久，更大的劇痛再次襲向龍王。伴隨而來的是地面劇烈震動，以及從遠方洶湧朝向他們而來的一種古老、神性又強大的氣息。

「地震嗎？」

異狀來得快、消失得也快。巴倫驚疑的疑問才剛脫口而出，震動便消失了。可此時一眾龍族戰士的注意力都轉而投放到龍王身上，只因此時的龍王重新展現出他們久違的強大氣息！

龍王殘缺不全的龍魂，剛剛那瞬間都補全了！

感受著體內重新充滿力量的感覺，多年來一直折磨著他的疼痛也在龍魂補全後消失無蹤。此刻的龍王不再受到任何約束，可是他卻開心不起來。

因爲他很明白，龍魂補全意味著什麼。

封印之地的結界，破碎了！

龍王恢復原本實力的同時，獸族的時之刻發出了光亮，生命之樹開出了花朵，妖精母樹搖動著水晶般的枝葉叮噹作響……

失去的珍寶回到了各個種族的懷抱，然而，這卻是災難的開始。

龍王神色異常凝重，那張風流多情的英俊臉龐，在嚴肅的時候，卻帶著屬於王者的威嚴，若艾德還活著並在現場，一定會驚訝於現在龍王的模樣，完全符合他從光球中聽到嗓音時想像出來的形象。

充滿擔當與權威，卻又不失柔情與慈悲的王者。

龍王從巴倫背上躍下，於半空中變回了黃金龍的形態。

黃金龍是魔法大陸上唯一自帶光明屬性的生物，他渾身閃閃發亮的金光效果，在天空翱翔的動作優雅又不失力量感。當他飛入黑霧時，體內的光明之力自主驅散了四周的黑暗，就像是為人們帶來光明的太陽一樣。

在戰場上殺瘋了的龍族，看到黃金龍劃破黑暗而來的身影時全都呆住了，同時亦從瘋狂殺戮中取回了理智，想起自己到底做了什麼。

龍王只有取回投放在結界的龍魂，才能重新變回巨龍。現在黃金龍出現了，就代表封印深淵的結界已經破碎！

而這一切，正是因為他們貪生怕死所致！

龍王眼神銳利地掃過這些渾身是傷的龍族戰士，心虛的眾人彷彿被龍王譴責的目光刺傷，狼狽地垂下頭，不敢看他。

雖然對這些族人既生氣又失望，可現在不是責問的時候。龍王帶領援軍殺入敵陣，魔族本就是強弩之末，在龍族援軍加入後，很快便潰不成軍，被屠殺殆盡。殺死這麼多魔族絕對是了不起的戰績，可龍王卻並不高興。因爲他很清楚，眞正的挑戰正等待著他們。

現在結界已毀，沒有任何東西能夠阻擋魔族的入侵。即使結界殘餘的力量仍能暫時壓制深淵，然而魔族大舉闖入的日子只怕不遠了。

黃金龍拍動著翅膀降落到地面，其他龍族見狀，也相繼降落至地面化爲人形。

龍王沒有忘記冒險者是最早遇上魔族、並且發出求救訊號的人，因此戰鬥結束後，便直接去找冒險者詢問到底發生了什麼事。

當他越過那些正在打掃戰場與處理傷口的族人、看見冒險者們的狀況時，他的腳步不由得停下了。

那個才剛認識不久、身爲人類最後血脈的光明祭司艾德，正毫無生機地躺在地上。白色祭司服上滿是刺目的鮮紅……

看到這情景，他知道人類青年只怕是凶多吉少了。

龍王很快便確定艾德已經過世，還發現對方的屍體透出漆黑的死氣，顯然已被污染，得盡快將屍體焚燬。

不僅艾德，所有被魔族殺死的人的屍體都要立即處理，畢竟誰也不想面對由同伴變成的異變魔族。

然而在此之前，得先爲死去的同伴們舉辦一場合宜的葬禮，再進行火化。這不僅是對死者的尊重，也是爲了讓留下來的人能夠得到慰藉。

可是艾德的屍體實在被污染得太嚴重，已經不能拖了。

龍王對此感到有些疑惑。一般被魔族殺死的人，屍體雖然都會受到死氣影響，但鮮少有如此嚴重的，艾德屍體的狀況令人感到奇怪。

不過這想法只在龍王腦海中一閃而過，在他看來，人都已經死了，屍體即使有些奇怪也影響不了什麼，早些燒掉就是。

其實這中間的確並沒有隱藏什麼大陰謀。艾尼賽斯早已猜到羅諾德會不計後果地隱瞞他的參與，一手策劃了艾德的死亡。他製造方便對方下手的機會時，也特意針對了艾德的屍體進行污染。

艾尼賽斯對艾德的忌憚比所有人想像的還要深，身爲當年親自召喚深淵，並且直接面對人類反擊的人，他很清楚人類有多麼強大。在這個時代甦醒的艾德，很有可能是人類留下來的後手。

他要確保艾德這次不會有再度甦醒的機會，畢竟人類的大祭司可以以生命爲代價使出復活術，難保繼承大祭司衣缽的艾德也有其他保命的能力，不是嗎？

以結果來看，艾尼賽斯出手夠狠，亦很有效。艾德屍體沾染的死氣量非常驚人，別說復活了，不立即焚燬只怕會出大問題。

龍王的龍焰帶有光明之力，是最適合用來處理艾德屍體的人，但看到冒險者如此悲痛，催促的話怎樣也說不出口。若連悼念同伴的時間都不給予，實在太殘忍了。

隨即龍王又想到，羅諾德最討厭的就是自己這種婦人之仁。不過這位老是看自己不順眼的長老也折在這場戰鬥中，再也無法對自己的決定指手畫腳，然而他對此卻高興不起來。

此時諾亞也趕了過來，看到艾德的屍體後他蒼白了一張臉，表情卻有些奇怪。他臉上滿滿都是悲傷，可似乎又有種早有預感、一副恍然大悟的神情。不過其他人都沉浸在哀痛中，沒有人發現他的異樣。

諾亞上前摸了摸艾德的臉頰，青年的臉素來沒有什麼血色，透著一種不健康的蒼白，讓他即使死去了，看起來依然與生前沒有太大分別，只是那傳至手心的冰冷，訴說著他已失去了生命的事實。

諾亞帶著珍惜與訣別的動作，再次讓稍微平復心情的冒險者悲傷萬分。貝琳已忍不住別過了臉，偷偷抹去眼中的淚水。

白色使者在精靈族中有著崇高的地位，他其實有點像人類的祭司，服務著專屬於精靈族的神明——生命之樹。

從濃郁的死氣中，諾亞敏銳地感受到生命之樹的氣息。他順著氣息的來源看向艾德的空間戒指，詢問冒險者們：「我可以解決艾德身上的死氣，然而需要從他的空間戒指裡拿出之前生命之樹給他的枝葉。」

雖然知道要找的東西在哪，但這畢竟是艾德的遺物，諾亞不能直接伸手便取。

艾德早已沒有任何親人，因此諾亞只能詢問與他關係最爲親密的冒險者們。

冒險者們對此沒有意見，於是諾亞取出了生命之樹的枝葉，把它放在艾德的傷口上。

只見那截枝葉在接觸到血污的瞬間就像活過來般，竟迅速地生根發芽。它的根部填補了艾德身上的血洞，要不是衣服上還殘留著血跡，簡直就像沒有受過傷似的。

艾德身上的傷口恢復後，這棵迷你版生命之樹的小樹苗繼續吸收了屍體上的所有死氣，隨即便枯萎了。

隨著樹苗的枯萎，那些被吸收的死氣也隨之消散。

諾亞吁了口氣，向龍王說道：「現在可以了，待艾德的葬禮舉辦完畢，我會把他的屍體帶回精靈森林下葬。」

龍王皺了皺眉，道：「何必多此一舉？葬禮後直接下葬就好。」

然而諾亞卻看了看布倫特，很直白地說道：「不，我信不過你們龍族。」

所有人都驚訝地看向諾亞，想不到他的態度會如此強硬。隨即眾人才發現這名總是容易害羞、甚至不敢與陌生人相處的少年，在看到艾德死去後，一直壓抑著憤怒的情緒。

諾亞在責怪龍族。

聽到諾亞意有所指的話，布倫特的臉色頓時變得蒼白，心裡滿是濃濃的歉疚。是他從艾德的記憶中認出了徽章的歸屬，卻選擇隱瞞這件事，並且偷偷告知自己父親，才會有往後的一連串事情。

如果他當初沒有被私心蒙蔽，且做出不同的選擇，艾德是不是就不用死了？

至於身爲龍族之首的龍王，雖然剛剛才趕到，還不太了解內情，但從布倫特的模樣也能猜出一二。

原本他還以爲那些活下來的族人之所以一副心虛的模樣，是因爲他們隱瞞了奧斯維德城的求救訊號、私自隨同羅諾德前來，可現在看來，似乎不只如此呢……

雖然心裡有著很多疑問，可作爲一族之首，龍王自然要捍衛龍族的聲譽。見諾亞這麼直白地表露出對龍族的不信任，龍王雖然心裡已認定是族人做了什麼蠢事，可還是決定先穩住諾亞：「艾德已經死去，我們還能對他做些什麼？他既然在龍族的領地遇害，那直接在這裡下葬就好，總沒有再耗費一番工夫，把屍體移去別處下葬的道理。」

偏偏諾亞卻有龍王無法反駁的理由：「艾德體內有精靈族的血脈，他還曾受到生命之樹的青睞。現在人類已經滅亡，作爲他另一個血脈的族人，我當然要把他帶回精靈族的領地安息。」

諾亞的話並不是騙人的，人類帝國的某一任女皇的確是人類與精靈族的混血。雖然到了艾德這一代，精靈族的血脈已經非常稀薄。但在人類已滅亡的現在，精靈族便是艾德在魔法大陸上最親近的人。

龍王與艾德認識的日子尚短，雖然對於艾德的死感到很惋惜，可對方在哪裡下葬，其實他沒有太大的執著。要不是諾亞表明要把艾德帶走，是因爲「不信任龍族」這個理由，在面子上有點不好看，他也不會這般爭取。

現在諾亞給了龍王一個無法反駁的理由，龍王便不再多說什麼。

龍族將在場的魔族清理乾淨並打掃戰場後，便帶著同伴的屍體回到領地。眾人神色都很凝重，除了因為這次令龍族損失了幾乎四分之一的戰力外，更是因為結界的破損。

一場關係著魔法大陸所有種族生死存亡的大戰，已迫在眉睫。

然而就在龍族飛離奧斯維德城時，聽到了一陣呼喊聲，垂首一看，一名穿著海軍軍裝的熊族在地面朝龍族隊伍拚命招手。

眾人之中眼力最卓越的精靈族——丹尼爾，立即認出人來：「是阿諾德!?」

短短半天經歷這麼多事、良心備受折磨的布倫特，早已把阿諾德的事拋諸腦後。直至看見對方找來了，才想起對方說過他與戴利就在附近，並約好了在奧斯維德城會合。

布倫特想到當時戴利還因為想給艾德驚喜，要求他保守祕密。可現在艾德卻已經不在了……想到這裡，布倫特再次被心裡的歉疚刺痛。

他不知道該怎麼面對戴利，又該如何把艾德的事情告訴對方。

然而布倫特的擔心暫時不是問題，因爲他很快就發現戴利不在阿諾德身邊。想了想，也大致猜到了原因——應該是戰鬥的動靜被阿諾德察覺到，所以他把戴利安頓在其他地方，獨自過來查看。

「阿諾德，戴利呢？」布倫特降落在阿諾德身前。

「看奧斯維德城好像不安全，我便讓同伴把他送到龍族領地了。」這還是阿諾德初次看到布倫特的龍形，頓時雙目發亮地讚歎：「布倫特，你這副模樣眞是太帥了！」

性格大剌剌的阿諾德滿心都被龍族威武的外表吸引，顯然還沒聯想到他們在此地化爲原形，到底代表著什麼可怕的意思。

見對方這麼高興，布倫特不想破壞他的好心情。畢竟……噩耗終將會被知悉，現在還是讓他多高興一會好了。

於是布倫特沒有多說什麼，只是笑了笑，道：「我們正要回領地，既然如此，你跟我們一起走吧。」

05.
葬禮

眾人不知道的是，他們以爲身處龍族領地的戴利，此時卻不在他們約定的目的地，反而越走越遠。

戴利雖然年紀小，但不是傻的，相反地，還非常機靈。走著走著，這孩子察覺到不妥：「傑瑞德，我們是不是走錯路了？阿諾德說我們再走一小時便能夠到龍族領地邊界，爲什麼現在還沒到？」

戴利知道龍族都住在人跡罕至的山中，可是他們走了這麼久也不見任何龍族，一直往森林深處走的路線，也讓之前遠遠還能看到的山群，現在完全看不到了。

這不是戴利第一次提出疑問，早在他發現山群離自己愈來愈遠時，便已察覺不妥。可是傑瑞德卻堅持他們沒有走錯，只是必須要繞一點路而已。

戴利不識路，既然對方說得這麼肯定，他便相信對方。

然而現在怎樣看，他們絕對都是走錯路了！

戴利覺得傑瑞德應該也看出來了，只是顧著臉面而不承認。可這麼下去不是辦法，總不能一直往反方向走吧？

如果是對阿諾德，現在戴利已經鬧起來了，但他與傑瑞德還不算太熟，不敢過於放肆，只能以詢問的方式提出問題。希望對方別再死要面子，快點修正路線往回走。

看到戴利小大人般的無奈神情，傑瑞德輕笑了兩聲，道：「我真的愈來愈喜歡你了，也不枉我冒著風險把你帶走。現在走得夠遠了吧……停下來應該沒關係了。」

戴利還沒反應過來傑瑞德話裡的異樣，便感到脖子一痛，眼前一黑，直接失去了意識。

傑瑞德收起刺傷戴利的藤蔓，他其實想再走遠些才放倒人，可戴利這孩子太機靈了，拖下去要是對方起了疑心，再要把人擄走會變得更困難。

傑瑞德的傷勢著實不輕，抱起孩子時牽動到傷口，痛得他一張俊臉都扭曲了。不過他還是忍著痛楚，將孩子抱到隱蔽處後，才抹去額上的冷汗，安心坐下來休息。

戴利受傷的脖子泛著淡淡死氣，這些帶毒的死氣隨著血液流動到孩子全身。傑瑞德不打算要他的命，讓藤蔓刺傷他脖子時留意死氣的分量，頂多只是讓他昏迷一、兩個小時罷了。

然而戴利又不像傑瑞德那樣修煉暗黑魔法，死氣入體，再微薄的量仍然會造成一些後遺症，比如近期的記憶會產生混亂，亦會引出傷者內心的黑暗面。

這也在傑瑞德的預料之中，畢竟他還有傷在身，受後遺症影響的戴利更有利於他的掌控。

當戴利頭痛欲裂地醒來時，張眼便看到傑瑞德充滿驚喜的臉：「太好了！你終於醒來了，戴利！」

戴利覺得眼前的精靈族很眼熟，自己應該認識對方，可他怎樣都想不起對方的名字：「你、你是？我怎麼了？」

「我是傑瑞德啊！戴利你不認得我了？」傑瑞德焦慮地說道：「你突然暈倒，不知道是不是中暑了，我便把你暫時帶到陰涼處休息。」

見傑瑞德一臉真誠，再加上自己對對方充滿熟悉感，因此戴利很快便信任了對方，對目前唯一的同伴解釋了自己的狀況：「我覺得頭很痛，腦中一片混亂，很多事情都記不得了……」

說到這裡，戴利忍不住摀著發疼的頭顱。他覺得就像有人躲在他腦中，正拿著鎚子用力敲打他的頭。

戴利的頭實在太痛，反而沒有發現脖子上那個像蚊子叮咬似的小傷口。

傑瑞德心疼地爲他揉了揉太陽穴，趁戴利沒有注意到時，吸走了一點殘留在他體內的死氣。

隨著傑瑞德的動作，戴利頓覺輕鬆不少。他仰首看著耐心爲自己按摩的青年，覺得這名精靈不僅長得漂亮，心地也非常善良，對傑瑞德的好感度蹭蹭蹭地上升。

自從母樹沉睡以後，戴利便由其他種族照顧。雖然衣食無憂，可終究缺少一份溫情。即使他與阿諾德關係很好，可一個大剌剌的男人照顧孩子，始終沒那麼仔細與耐心。

戴利已經很久沒遇到有人這麼耐著性子來哄自己了，傑瑞德體貼的舉動令他有些感動，同時又因爲對方親密的動作而有些害羞。

「謝謝你，傑瑞德，我現在已經沒那麼痛了。」戴利按住傑瑞德的手，詢問：「我們現在在哪？我們爲什麼在森林裡？阿諾德呢？」

在戴利的認知中，他本來應該在家裡才對，不過頭痛時閃過了一些混亂的記憶，好像是他與阿諾德一起出海的樣子？

可現在待在自己身邊的人卻變成傑瑞德，本來負責照顧自己的阿諾德卻不在身邊，這讓戴利感到很奇怪。

「戴利，你連這些也想不起來了嗎？」傑瑞德滿是擔憂地解釋：「你爲了尋找草藥，央求阿諾德出海時帶你一起走。後來在旅程中與我認識，由於路線相同，我們便一起同行。不久阿諾德臨時有要事，須緊急返航。可是你不願意剛下船不久便折返，與阿諾德吵了起來，鬧得很不愉快。最後經過協商，你跟我一起進行剩下的旅程，阿諾德則回去繼續工作。」

聽到傑瑞德的說明，戴利一臉黑線。怎麼旁聽自己與阿諾德的爭吵過程，會覺得兩人眞的超幼稚的呢？只是這的確是他們幹得出來的事情，畢竟他們感情好是眞的，但吵架也是沒少過。

不過阿諾德對自己還是很有責任心的，會放心把自己交給傑瑞德照顧，顯然是非常信任對方吧？

只聽傑瑞德續道：「我們採草藥的時候，不幸遇上魔獸襲擊。雖然你沒有被魔獸所傷，可也許因爲受到驚嚇，不久便發燒了。結果你醒來後，卻連我是誰都忘了……也怪我武藝不精，如果是阿諾德在這裡，一定能夠更好地保護你……」

戴利看著傑瑞德一身是傷的模樣，再想到自己毫髮無傷，便猜到是對方拚命地保護了自己，心裡非常感激。再聽到對方感嘆自己不如阿諾德，戴利便安慰道：「就別說阿諾德那傢伙了，出事的時候他都不在我身邊，如果要指望他，說不定我已經被魔獸吃掉了！」

戴利是個含著蜜長大的孩子，一直沒受過什麼苦。這次醒來後渾身不舒服，記憶還產生混亂，心情本就不愉快。偏偏這種時候那個信誓旦旦會照顧他、他最信任的人卻不在身邊，這讓戴利忍不住對阿諾德生出了怨氣。

傑瑞德勸慰戴利：「你別生阿諾德的氣了。他的未婚妻生病，會那麼緊張也是人之常情。」

「什麼？阿諾德要離開是因為未婚妻？他哪來的未婚妻？」戴利震驚地詢問。他一直以為阿諾德之所以要離開，是因為海軍的緊急任務，結果卻是因為一個不知道哪裡冒出來的女人，所以就把自己丟在這種荒郊野外!?

傑瑞德的表情同樣不可思議：「你把她忘記了嗎？這次出來的除了你和阿諾德，還有他的未婚妻。只是你與她的關係不太好，經常發生爭吵。又因為阿諾德偏袒對方，所以你多有怨言。」

自己與阿諾德未婚妻合不來這件事，戴利一點兒也不意外。畢竟他知道自己脾氣算不上好，而且朋友不多，難免會看對方不順眼。

不過聽傑瑞德的形容，那個女人也不是個好欺負的。而且阿諾德還偏袒她，難怪自己會生氣，不願意跟他們一起回去。

傑瑞德拍了拍戴利的頭，道：「你回去以後，就別再和阿諾德的未婚妻起衝突了，這樣只會讓阿諾德更加偏向對方，把人愈推愈遠而已。其實將來阿諾德有了自己的家庭，生活的重心也會放在妻子與親生孩子身上。你正好趁著這機會適應一下，不是挺好嗎？」

雖然傑瑞德為阿諾德說好話，可聽在戴利耳中卻很刺耳，完全出現了反效果：「我才不稀罕他的喜歡呢！你說的對，他很快便會有自己的孩子，當然不會再喜歡我了，那我也不喜歡他！」

傑瑞德無奈地搖了搖頭，隨即又提議：「記憶混亂不是小事，你要不要告訴阿諾德一聲？他不聯絡你，你可以主動一點啊！」

聽到傑瑞德的話，戴利更生氣了：「人家跟未婚妻在一起這麼高興，我就別打擾他了。」

看戴利一臉不情願，傑瑞德沒有勉強對方，道：「好吧，反正聯絡用的魔法道具在我這裡，你想找阿諾德的話，可以隨時告訴我。」

說罷，傑瑞德裝作聽不到戴利「我才不找他呢！」的任性呼喊，又問：「那你還記得這次過來，是要找什麼草藥嗎？」

戴利搖了搖頭，他依稀記得自己要找草藥，可是原來是有目標的嗎？

傑瑞德取出一個小瓶子交給戴利，瓶子裡是一些像清水般的透明液體，道：「這些是之前曾經被污染、會讓人魔族化的河水樣本。不久前你不是研究了一種可以淨化河水的藥劑嗎？呃……應該還記得這件事情，對吧？」

戴利接過了河水，驕傲地說道：「我當然記得，全靠我煉製的藥劑，才能阻止那些有毒河水的擴散，這可是件了不起的功勞呢！」

那時的事件轟動一時，就連獸王都受害了。要不是艾德在場，造成的後果絕對難以想像。戴利也聽說過這件事情，後來開始煉製草藥後，還誤打誤撞地研究出淨化河水的藥劑。

雖然淨化藥劑能夠成功研發，運氣佔了很大的成分，可也足以顯示戴利卓越的天賦。因此每次提到自己是個藥劑師時，戴利都會驕傲地向別人提起自己這個偉大的成就。

見戴利一副「求讚揚」的模樣，傑瑞德很配合地稱讚了戴利一番，接著道：「受到河水傳播特性的啓發，各族高層覺得我們可以利用同樣、甚至更加厲害的傳播手段反擊，這便是你最近的研究課題。」

戴利歪了歪頭，總結：「也就是說，我要參考那次的河水事件，研究可以把光明元素擴散出去的方法？」

傑瑞德點頭：「是的，只是光明元素不是那麼容易獲得。於是你便先以這些河水來進行研究，畢竟死氣與光明元素雖然是兩極的能量，卻又有著獨特的稀有與相似的特性。」

然而戴利卻很猶豫：「這樣好嗎？萬一我實驗成功，樣本卻不小心流落在外，那死氣便會因此而迅速擴散……」

傑瑞德安慰道：「反正研究過程中我們還會四處尋找有用的草藥，基本上會一直待在杳無人煙之處，能夠接觸到那些實驗樣本的就只有我們兩人，只要小心一點，不就可以了嗎？」

戴利聞言仍有些猶豫：「我當然是信得過你的，就只怕萬一有意外……」

主要是戴利信不過做事毛毛躁躁的自己啊！以死氣作爲研究材料，要是因爲自己不小心手滑打翻樣本，造成死氣迅速擴散，那不就成了千古罪人嗎？

傑瑞德了解戴利的顧慮，善解人意地說道：「你的顧忌也很有道理，那就先擱置這實驗吧。我也只是看阿諾德現在不太理你，想著要是你能夠完成這個研究，絕對可以讓他大吃一驚，在他面前揚眉吐氣……」

傑瑞德的設想實在誘人，戴利頓時眼前一亮，立即改變了想法：「對喔！那就研究一下好了，只要我們再小心一點，應該問題不大。」

傑瑞德微笑著點頭：「沒問題的，研究的事就只有我們兩個知道，能出什麼事情呢！」

戴利笑著對空氣揮了揮拳頭，彷彿在打那個讓他氣得牙癢癢的阿諾德：「阿諾德那傢伙把我丟在這種鳥不生蛋的地方，只顧著與未婚妻在那邊卿卿我我，我絕對要做出一番成績，讓他刮目相看！」

戴利並不知道，被他認爲爲了美色而對他棄之不顧的阿諾德，此時卻因爲他與傑瑞德二人的失蹤憂心萬分。

不久前阿諾德從冒險者口中得知艾德在剛剛的戰役中犧牲了，爲朋友的死亡難過的同時，阿諾德不禁慶幸沒有讓戴利跟著自己一起到戰場涉險，而是讓傑瑞德把孩子帶到龍族領地保護起來。

雖然從結果來看，當阿諾德趕到時，戰鬥已經結束，即使戴利跟著一起過去也不會誤傷到他，但「意外」這種事情誰知道呢？

就像阿諾德一直認爲艾德身懷具有治療能力的光明之力，又是處在戰場後方的輔助位置，在對戰時相對安全，可偏偏這場戰役的死亡名單裡，有艾德的名字。

然而這種慶幸卻在回到龍族領地後、找不到戴利時，轉變爲驚恐！

一開始，阿諾德只以爲二人是路上有所耽擱，沒有把問題點往傑瑞德身上想去，可布倫特一直無法聯絡到戴利，阿諾德便有些慌了。

畢竟他們已經遠離了元素紊亂的區域，理應能夠順利聯絡，怎會這樣呢？總不是通訊工具這麼巧壞掉了吧？

雖然很擔心，可是阿諾德冷靜下來後，還是決定先在龍族多待一陣子，等艾德的葬禮結束後再決定接下來該怎麼辦，以免他急匆匆地到外面找人，卻與被事情耽誤的戴利二人錯過了。

於是阿諾德請龍族巡邏時多留意二人的身影，要是有精靈與妖精一起前來拜訪，也請立即通知他。

在阿諾德憂心忡忡等候戴利二人前來的同時，艾德的葬禮也在龍族中舉行了。有了生命之樹的枝葉注入生命力，艾德屍體上的傷口不僅恢復了，死氣也被完全消除，殘餘的生命氣息更能讓他屍身保持長久不腐。

原本龍族是打算再過幾天，一口氣爲所有這場戰疫的罹難者舉行葬禮，然而諾亞顯然已經察覺到什麼，他毫不顧忌地表達出對龍族的不信任，急於將艾德帶回精靈森林。

對於艾德之死，龍族實在心虛，便順應了諾亞的要求，單爲艾德舉行葬禮。

雖然時間有些趕，眾人還是盡力讓這場葬禮盡善盡美。

葬禮舉行時，除了與艾德相熟的阿諾德、諾亞與冒險者們，龍族也有不少人出席。艾德在戰場上的出色表現已在龍族中流傳開來，這名體弱的光明祭司以實力獲得了崇尚強者的龍族的尊敬。

爲了尊重艾德的信仰，龍族還在奧斯維德城那破敗的神殿裡，找到一尊損壞的八芒星雕塑。他們把代表光明神的八芒星修補好，於葬禮舉行時立在死者正前方，讓不知是否還存在魔法大陸上的光明神，能夠送走祂最後的信徒。

原本他們還打算在神殿的遺址舉行葬禮，可那裡實在已毀壞得太過嚴重，最終另選了一處綠草如茵、陽光明媚的山峰來舉行。

眾人參考了光明信徒的葬禮儀式，以黑白兩色爲葬禮主調。龍王親自主持，爲艾德舉行追思彌撒。

葬禮使用的悼念花則由冒險者挑選，精靈族不愧被稱爲「森林之子」，他們輕而易舉地找到了不少漂亮又適合的花朵。

最終他們選擇了代表神聖與純潔的白玫瑰，以及象徵永遠閃耀著光芒的白色菊花，這些都是冒險者們對艾德的美好印象。

雖然龍王負責主持追思彌撒，可由於他與在場眾人俱不是光明教徒，因此有不少像是禱告等宗教儀式，都被省略過去。他們簡單追思了艾德的生平後，便爲他蓋上棺木，進入獻上棺面花的儀式。

艾德的屍體已被仔細清理過，加上有生命之樹的枝葉爲他修補傷口，此時的艾德像只是睡著了，彷彿下一秒便會再次張開眼睛。

當棺木被蓋上、再也看不見艾德的容顏後，獸族姊弟終於忍不住淚水。他們年紀尚輕，這是他們一生中首次面對戰友的犧牲，也比其餘同伴更難承受失去的悲痛。

貝琳與埃蒙原本不想再哭的，他們希望能用笑容送別重要的同伴，然而只要一想到這次蓋上棺木後，艾德的容貌便只能存在他們的記憶，便再也忍不住地流下了眼淚。

棺木蓋上時，雪糰急了，牠拍動翅膀想飛進棺木裡。幸好丹尼爾一直分神關注牠的動向，眼明手快地抓住了牠。

雪糰在丹尼爾手中掙扎，並發出淒厲的叫聲，聽起來就像在哭泣一樣。可惜唯一能與雪糰心意相通的人已經不在了，誰也無法眞正了解這孩子想表達什麼。

丹尼爾安撫雪糰無果，只能用藤蔓編織的籠子將雪糰暫時困住，以免牠阻礙葬禮的進行。

這段小插曲平息後，眾人陸續上前，在棺蓋上放上鮮花。

布倫特心情沉重，歉疚與後悔壓得他無法喘息。他想起自己曾經承諾過會照顧艾德，無論是因爲與安德烈之間的情誼，還是因爲艾德的確是個值得深交的伙伴，他都應該好好保護對方才對。

然而卻因爲自己的私心，行事上偏袒了龍族，而造成一連串的惡果。

人眞的不能做錯事，現在即使內心再後悔，也已經沒有補救的機會了。只怕布倫特餘生都會在這種悔恨與良心的譴責中度過，一輩子無法忘懷吧？

唯一有資格原諒他的人已經不在，布倫特只能永遠揹負著罪惡感而活。不過這麼一來，他大概永遠也不會遺忘艾德。對布倫特來說，這樣也挺好的。

在布倫特後面的人是丹尼爾，當他將鮮花放到棺木後，突然一拳打向還未走開的布倫特。丹尼爾此舉實在太突然，再加上布倫特對他從沒有任何防備，被對方直直打在了臉上！

06.
真正的傑瑞德

所有人都被丹尼爾的舉動嚇了一跳，在旁正打算隨對方獻上花朵的獸族姊弟連忙上前分開二人。

即使龍族皮粗肉厚，布倫特還是被丹尼爾這一拳打得破了嘴角，可見丹尼爾出手到底有多狠。

然而單論傷勢，打人的丹尼爾反而更慘，只打出一拳便已滿手青紫，但丹尼爾卻像沒感覺到痛楚，仍不管不顧地想繼續出手。要不是貝琳與埃蒙死命拉住，丹尼爾說不定還會再補上一拳！

「丹尼爾，住手！」

「這是艾德的葬禮，你別這樣！」

聽到貝琳與埃蒙的勸阻，丹尼爾紅了眼眶地怒吼：「正因爲現在是艾德的葬禮，在他下葬以前，我要在艾德面前狠狠教訓他一頓！」

說罷，丹尼爾死死盯住布倫特，自從艾德死去後一直壓抑著的情緒，終於在此刻全數爆發：「艾德那麼信任你，你怎能背叛他!?布倫特，是你害死艾德的！」

面對丹尼爾的指責，布倫特臉色煞白。他沒有反駁，也無法反駁，的確是因爲他的背叛，最終才造成悲劇。

看著情緒失控的丹尼爾，一眾龍族心虛又理虧。雖然在場的人其實很多事情也是被蒙在鼓裡，就連布倫特，同樣受到了羅諾德的欺騙，可是他們都是龍族，在一些大事件發生時，一損俱損，一榮俱榮。

這次的事，造成魔法大陸失去了唯一的光明祭司還算小事，因爲羅諾德一系的貪生怕死，引致結界破裂，這才是關係到所有種族生死存亡的大事！

因此面對丹尼爾的爆發，龍族們面面相覷，卻誰也不敢上前阻止。沒有參與事件的阿諾德也因爲不太了解來龍去脈而沒有插手，只有獸族姊弟擋在二人中間。

看布倫特打不還手的頹廢模樣，丹尼爾不僅沒有消氣，反而更加憤怒了！

這副模樣，做給誰看呢？

現在知道後悔了嗎？那當初背叛艾德時，怎麼不多想想再決定？

我還能夠相信你，可以與你毫無芥蒂地繼續旅程嗎？

想到這裡，丹尼爾停下了攻擊布倫特的舉動，冷聲說道：「等艾德的葬禮結束，我們談談。」

布倫特對此沒有異議，他的確有很多事要跟同伴好好解釋，以及……道歉。

直至事件平息，獸族姊弟才鬆開拉住丹尼爾的手。丹尼爾沒有再看布倫特一眼，一副難以忍受與討厭的人繼續相處的模樣，彷彿要不是艾德的葬禮還在舉行，丹尼爾扭頭便要走。

貝琳與埃蒙都驚呆了，他們知道丹尼爾雖然沒有說出口，但一直很尊敬布倫特，可現在卻氣得對布倫特動手，換在以前，實在是他們無法想像的事情。

不過只要想想因爲布倫特而引發的一連串事情，卻又覺得他們能夠理解丹尼爾的憤怒。

其實如果不是顧忌場合，不想二人在艾德的葬禮上打起來，也許讓丹尼爾把壓抑的不滿情緒發洩出來，才是對整個冒險小隊最好的。

總覺得不解決這次的信任危機，這個讓他們視爲第二個「家」的冒險小隊，也許將要分崩離析了……

不過現在最重要的，是讓艾德的葬禮繼續順利進行。因此冒險者們的心裡雖然有著各自的不安與思量，仍是不約而同地選擇暫時把這些事情壓在心裡，待葬禮結束後再說。

阻止丹尼爾的時候，貝琳與埃蒙有好好護著手中的鮮花，拉扯推撞間沒有讓花朵受到任何損傷。

勸阻了丹尼爾的衝動後，他們稍微平復了心情，便把手中花朵放在棺木上，向艾德好好地最後告別。

貝琳小聲對著棺木說道：「眞抱歉，讓你看到這麼難看的場面……所以說男生就是幼稚，無論什麼年紀總有種不顧一切的衝動。艾德，你放心，我會好好看著他們的。」

貝琳以開玩笑的語氣向艾德做出保證，只希望這個重視同伴的青年能夠安心，然而說著說著，她的語氣不由得有些哽咽。

一旁的埃蒙已忍不住淚水，這已是他今天不知道第幾次用衣袖抹眼淚了。

艾德可說是埃蒙第一個同齡朋友，也因爲有艾德的鼓勵，在唐納安提出決鬥爲貝琳的退婚要求時，埃蒙才有勇氣應允下來，獲得在族中展露身手的機會。

雖然那次事件後，埃蒙也得到了族人的尊重與愛戴，再也不缺朋友。可是艾德對埃蒙的意義，終究無可替代。

現在這位年紀不比自己大多少、還很年輕的友人卻躺在棺材裡，明明應該是生命中最燦爛的時候，竟只能含恨地止步於此……只要想到這裡，埃蒙便忍不住他的眼淚。

獸族從小的教育是要求男生要有男子氣概，不能輕易流淚。以往埃蒙因爲瘦弱的外形不符合獸族的審美而吃了不少苦頭，因此他一直很自卑，總是小心翼翼地迎合別人的喜好。

可現在埃蒙卻不想再壓抑自己了，愛哭的男生也許會被人嘲笑與看不起，但這又有什麼關係呢？

是艾德教會他可以展現最眞實的自己，不用僞裝沒關係，特意迎合他人所獲得的喜愛並不是眞正的喜愛。每個人都有不同的特質，不夠健壯、長相不夠陽剛、性格不夠強硬……這些都不是錯誤，他不應該爲此感到羞愧。

同樣，愛哭也是一樣。爲什麼男生就不能哭泣？因爲朋友的逝去而悲傷，難道是錯誤的嗎？

現在的埃蒙，已經有著可以展現眞正自己的勇氣，這勇氣正是艾德給予他的。

埃蒙凝望著艾德安睡著的棺木，心裡有著千言萬語，最終卻只對棺槨中的艾德說出了兩個字：「謝謝！」

感謝你，出現在我的生命中。

在我最迷茫的時候，爲我撥開了眼前的迷霧。

我眞的很感謝，在人類滅亡後活下來的人是你。你確實無愧光明神的教徒，善良、包容、樂觀、堅毅。

正因爲有你的存在，扭轉了我對人類那無知的偏見。

你一直在追查的事情已經有了眉目，也許當年深淵的出現的確是人類的邪教所爲，可卻未必完全是人類的責任。

龍王已經公開表示會追查艾尼賽斯到底在人類帝國做了什麼，獸族與精靈族也會密切監察，終有一天會讓當年的眞相大白。

所以艾德，你可以好好安息了……

在心裡與艾德告別後，埃蒙也將手中的鮮花放到棺槨上。

所有人都獻花後，原本便要將艾德下葬，不過因爲諾亞的堅持，因此艾德的棺槨會由他帶往精靈族的領地後再下葬。

現在結界已經破損，龍族可以在人形與龍形之間隨意轉換，想去哪裡，直接飛過去就好，自然不須再使用馬匹。

於是龍族豪爽地把整個族中的馬讓諾亞隨意挑選，諾亞也不與他們客氣，從中挑了幾匹性情溫和、皮毛光澤的馬兒，作爲運載棺槨的馬車。

與諾亞同行的，還有艾德養的小鳥雪糰。

雖然冒險者們想照顧牠，可是雪糰卻更想待在艾德身邊，堅持與諾亞一起走。

最終冒險者尊重雪糰的意願，鄭重地將牠交到了諾亞手裡。

就在諾亞整理行裝時，阿諾德找上了他，道：「使者大人……」

諾亞被阿諾德的接近嚇了一跳，頓時繃緊了身體。阿諾德立即想到對方不喜歡他人近身，便往後退了兩步。

感覺雙方處於可以令自己安心的安全距離後，諾亞明顯鬆了口氣。因爲阿諾德貼心的舉動，諾亞對他的好感度上升不少，主動詢問：「阿諾德，有什麼事情嗎？」

阿諾德詢問：「我是想問問，您有辦法可以打聽到傑瑞德的動向嗎？」

直至葬禮結束，戴利與傑瑞德也沒有出現，利用魔法道具也聯絡不上，阿諾德實在很擔心他們。

他甚至懷疑過傑瑞德的身分，不過詢問了丹尼爾，確定精靈族眞的有這麼一號人物。傑瑞德確實如他自己所說般是精靈族的衛兵，也的確身具追捕逃犯奧布里的任務。而且還是丹尼爾的朋友，人品可以信任，這才讓阿諾德決定暫時留在龍族領地再等等看。

只是等了這麼久，對方即使被事情耽誤也應該要到了吧？而且傑瑞德還帶著一個孩子，至今音訊全無，實在令人擔心。

對於二人此刻身在何方，阿諾德沒有任何頭緒，便只能寄望諾亞幫忙聯絡精靈族那邊。

雖然他找不到人，但說不定傑瑞德的親友會知道他的行蹤？

諾亞聞言後一口應允下來，並立即嘗試聯絡族人。與阿諾德他們所使用的飾物外觀、只能傳遞聲音的魔法用品不同，諾亞的道具是一面魔法鏡子。

這是最高級的通訊道具，不僅能夠傳遞聲音，還能夠看到對面的影像。

如果對面的人也使用同樣的魔法道具，那麼雙方簡直就像面對面般交談。不過這種魔法道具現在已經可遇不可求，因此平常都是諾亞單方面看到對方，而另一邊只聽到聲音而已。

諾亞雖然貴為精靈族的白色使者，可是因為不善與人交流的性格，雖然族人對他很敬畏，可是與他親近的人卻沒有多少。

何況因為職務關係，諾亞大部分時間都在外地遊走。喜靜的他回到族中的時候多是與生命之樹待在一起，當個快樂的宅男……這麼想來，族中他最熟悉的便是生命之樹了，可生命之樹平常都不理事，大概也不會知道族中的衛兵到底在哪。

想了想，諾亞決定先聯絡傑瑞德本人。雖然阿諾德多次找他都沒有音訊，可說不定那時候對方不方便，現在正好就可以聯絡了呢？

結果通訊請求發出沒多久，便成功連接了。

對於這個結果，諾亞也非常意外。雖然是他先決定找傑瑞德這個當事人的，可其實諾亞對能否找到人並沒有多少期待，想不到竟然一下子便聯繫上，看到傑瑞德的影像出現在鏡子上，諾亞甚至反射性地想把道具關了！

根本完全沒有準備，我不知道該與對方說什麼才好！

社恐在毫無防備之下，應該怎樣與不熟絡的族人對話？

急！在線等！

傑瑞德顯然也對諾亞主動聯絡自己感到很驚訝，見諾亞不說話，傑瑞德便主動詢問：「使者大人，你找我是有什麼事情嗎？」

阿諾德一直在旁等待，出於禮貌，沒有站得太近，見諾亞成功聯繫上傑瑞德，立即待不住了，連忙走過去探頭察看。

諾亞見狀，直接將鏡子交給了阿諾德。

然而阿諾德看到鏡內影像卻驚呼：「你是誰!?」

鏡子顯現出來的是個精靈族青年沒錯，但並不是阿諾德所認識的「傑瑞德」！

在聽到鏡中傳來的嗓音時，阿諾德便已覺得有些奇怪，可他以爲只是聲音經過傳訊道具後有些失真，想不到對面的人根本就是另一個！

通話的人突然換成了一個陌生人，傑瑞德本已覺得很疑惑，面對對方的質問，他更感到莫名其妙，反問：「你又是誰？使者大人呢？」

此時阿諾德心裡生起一個既荒謬又可怕的猜測，沒有理會對方的疑惑，逕自發問：「精靈族有兩個同名的『傑瑞德』嗎？」

雖然搞不清楚狀況，但傑瑞德還是好脾氣地回答了阿諾德的問題：「沒有啊！就只有我叫『傑瑞德』而已。」

阿諾德聞言，臉色頓時變得煞白，身體晃了晃，差點抓不住鏡子。

聽鏡子對面一直不說話，傑瑞德有些擔心地詢問：「怎麼了？」

諾亞也察覺到不妥，上前關心：「阿諾德，有什麼問題嗎？」

阿諾德深吸一口氣，努力讓自己冷靜後，道：「他不是傑瑞德……我的意思是，那個帶走戴利、自稱是『傑瑞德』的精靈，不是現在與我聯絡的這一位。」

雖然傑瑞德不知前因，但從對方話中還是敏銳地找到了重點：「所以是有人在外面假扮我，到處騙人嗎？那人幹了什麼？」

阿諾德煩躁地抓了抓頭髮：「他把戴利……就是一個我負責照顧的妖精族孩子帶走了！」

一旁諾亞道：「阿諾德，要不你形容一下那個人的外貌？要是他真的是個精靈，說不定我們能知道是誰。」

阿諾德道：「那是精靈沒錯。我與戴利發現他的時候，那人受了重傷倒在路邊。在為他療傷時，我確認過他的種族不是偽裝的。」

說罷，阿諾德便簡單向諾亞與傑瑞德形容了對方的容貌，還特別強調那人氣質溫和，與人相處充滿了親和力，而且還很擅長照顧孩子。

諾亞說：「我想到一個人……」

傑瑞德道：「我也想到一個人……」

阿諾德立即追問：「是誰？這種時候就別賣關子了。」

傑瑞德說出了心裡的嫌疑犯：「如果我沒有猜錯，那人是奧布里。」

諾亞點了點頭，道：「我也覺得是他。」

「奧布里……這名字我好像曾在哪聽過……」阿諾德思索片刻後，驚恐喊道：「我想起來了！不就是那個『傑瑞德』聲稱正在追捕的逃犯嗎？罪名好像是……」

傑瑞德接著補充：「拐賣同族，特別是小孩子。」

阿諾德聞言，不由得想打輕信人言的自己一巴掌。

難怪傑瑞德……不！難怪奧布里這麼輕易便能討戴利歡心，而且還這麼熟練了。

因爲對方根本就是個人販子！

同時阿諾德也想明白了，爲什麼那人會受重傷、狼狽地倒在荒郊野外。他不是因爲追捕逃犯而英勇受傷，他根本就是那個被通緝的傢伙！

阿諾德把鏡子交還給諾亞後，痛苦地摀住了臉。

自己到底幹了什麼傻事啊……

竟然親手將戴利交到一個人販子的手上！

現在不知道戴利到底怎樣，說不定孩子已經不在奧布里手上，而是被輾轉賣到其他人手裡。

這令阿諾德對尋找戴利這件事更加沒有方向，心裡只感到徬徨無助。天大地大，不知道該往哪裡尋找才好。

諾亞結束了與傑瑞德的通訊後，看到阿諾德這副失魂落魄的模樣。想了想，諾亞建議：「阿諾德，不如你跟我一起回精靈森林吧？」

阿諾德一時之間反應不過來，道：「可是到精靈森林又有什麼用呢？那裡的傑瑞德又不是我要找的人。」

諾亞解釋：「奧布里是我族的通緝犯，現在大家都在找他的下落。你既然對戴利在哪裡完全沒有頭緒，倒不如到精靈森林看看，說不定會有線索。」

阿諾德想了想，也覺得對方的話有理。現在確定了帶走戴利的人根本自始至終都在騙他，繼續留在龍族顯然也等不到人，可是在外面胡亂尋找一樣不是辦法，這麼一來，到精靈森林倒是個好主意。

說不定他抵達時，奧布里這傢伙已經落網了呢！

即使暫時抓不到人，也可以向精靈族打聽奧布里的資訊，到時知己知彼，也許就能在找人方面有新的思路。

於是阿諾德便頷首道：「好的，那麻煩你了。」

07.
主僕契約

阿諾德跟隨諾亞一起前往精靈森林後，冒險者們便回到布倫特的家。重新出發前，他們決定先好好談談近期發生的連串事件，並商討往後的行動。

雖然因爲羅諾德的不懷好意，在艾德死前已取得他的血液，因此即使沒了他，冒險小隊仍能繼續往下一個目的神殿前進。

可是艾德因爲羅諾德的算計而死，這件事卻令他們如鯁在喉，要是不解開這個心結，只怕不利往後的行動。

重回布倫特的家，眾人的心情都很複雜。

他們不久前才從這裡離開，那時艾德還在，冒險小隊全員無缺。

現在看著熟悉的洞穴，卻已物是人非。

彷彿這裡仍殘留著眾人玩鬧時的歡樂笑聲，抬頭往金幣堆上看去，好像還能看到艾德摀住腰間，抱怨著金幣硌到了腰。

然而眨了眨眼，便會發現這一切都是他們的幻覺。那個病弱卻又頑強地活著的人，那個會溫柔地爲眾人療傷、及時爲大家添加各種防護與增幅的人已經不在了。

想到這裡，冒險者傷心之餘，也不由得對布倫特投以譴責的目光。

丹尼爾揚了揚下巴，冷聲對布倫特說道：「現在你就把全部事情好好交代清楚吧，到底隱瞞了我們什麼。」

布倫特現在就像個被人審問的罪犯，其實眞要說的話，他雖然私下向羅諾德通風報信，可眞沒絲毫的壞心腸。事情會有這種結果，他比任何人都要痛苦。

面對同伴們的責怪，布倫特卻沒有爲自己辯護一句，直接從艾德的某段記憶說起。當時他覺得邪教線索中出現的壓紋很熟悉，怕事情牽連到龍族，便先隱瞞下來，並把這件事告知自己父親。

後來布倫特才知道，那個壓紋並不是來自他們所猜測的徽章，而是艾尼賽斯的一個吊墜，可能是當年對方順手把吊墜夾在書裡當書籤，久了便在書裡留下了印記。

想到艾尼賽斯那些年都在人類帝國，布倫特便有了一個可怕的猜測——召喚深淵降臨的邪教，說不定背後有艾尼賽斯的影子。

然而那時候布倫特已騎虎難下，在他決定把事情隱瞞下來時，便已成爲了羅諾德的幫凶。羅諾德更以龍族的聲譽對他進行道德綁架，彷彿要是他把艾尼賽斯的事情告知其他人，便是龍族的叛徒。

事情拖得愈久，布倫特便愈是難把眞相說出口。最後他只能心存僥倖，希望是自己猜錯了。又想著反正事情都過去這麼久，把眞相挖出來也沒什麼意思。雖然對不住艾德，但人總是自私的，布倫特的心自然也是偏向自己的種族。

接著發生的事情，眾人都知道了。

布倫特懊惱地說道：「其實在賽德里克偷偷闖入艾德的帳篷時，我已察覺到不妥。後來回到龍族，有特意就這事情詢問過父親，只是他肯定地保證不會傷害艾德，我便相信了他的話……」

聽到這裡，丹尼爾忍不住冷聲嘲諷：「只怕你當時也是對羅諾德的話有所懷疑，然而卻抱著不切實際的希望，自欺欺人地選擇相信他吧？」

丹尼爾準確道出了布倫特的想法，讓他羞愧地垂下了頭，沒有反駁對方的話。

那就是默認了。

其實布倫特也不是完全不顧艾德安全的，他想著自己一直在艾德身邊，要是羅諾德眞的對艾德出手，到時候他即使豁出性命也必定會護住艾德的。卻想不到會有艾尼賽斯摻一腳，造成了不可挽回的後果。

不過這些他都不打算跟丹尼爾他們說了，畢竟他確實是動機不純，再多的解釋也是無意義的狡辯。

偏偏布倫特這種「對，這些全都是我的錯」的模樣，卻讓丹尼爾更加火大。看得一旁的貝琳與埃蒙膽戰心驚，就怕丹尼爾再次一言不合便上前毆打布倫特一頓。

「既然事情已經清楚，那麼接下來你們有什麼打算？艾德不在了，保護與監視他的任務自然也結束了。你們還要繼續旅程，還是返回族中覆命？」丹尼爾詢問。

獸族姊弟之前已私下討論過這個問題，貝琳作爲代表回答：「我們想繼續旅程，即使不爲別的，僅爲了完成艾德的心願，我們也不能半途而廢。」

丹尼爾顯然對二人的選擇感到很滿意，冷冰冰的神情稍微緩和，隨即他又看向布倫特。

布倫特也表態：「我也希望繼續旅程。」

丹尼爾質問：「可是，我們該怎樣再信任你呢？我怎知道你會不會又因爲一些原因，再次隱瞞重要的線索，將我們陷於危險之中？」

丹尼爾這話可說是非常直接了，在同伴的質疑下，布倫特閉了閉雙目，隱藏眼中痛苦的神色。

也許他退出，對於冒險小隊來說會更好。

布倫特是希望能夠大家一起繼續旅程的，他還記得自己一開始外出冒險時，孤身一人到過很多地方，認識了很多朋友，可他只是個來去匆匆的過客，旅程中難免感到孤獨。

後來他遇到一個迷茫的精靈族少年。

少年有著無愧爲精靈族的美貌，卻又有著不同於精靈族的壞脾氣。這孩子箭術出眾，可惜卻是個冒險菜鳥，若沒人帶著，也許在經歷過挫折後會吸取教訓成長，但有更大的機率會在某次的失誤中殞命。

布倫特起了愛才之心，帶著精靈少年一起出過幾次任務。後來雙方意外地合得來，便成爲搭檔一起冒險了。

隨即他又撿到兩隻離家出走的小貓，於是小隊中多了兩名獸族的孩子。

布倫特親自帶著這支冒險小隊一步一步地建立起來，同伴們成爲彼此家人般的存在。

他看著孩子們從冒險菜鳥漸漸成爲令人仰望的老手，看著冒險小隊逐漸聲名遠播。如果說誰最在乎這個團隊，那必定是布倫特本人。

因此他不希望這個團隊再失去任何人了，即使是身負罪孽的自己。

見布倫特不出聲，丹尼爾又追問：「你就沒有什麼要說的嗎？哪怕一個保證？」

丹尼爾的心情很複雜，雖然他看似針對布倫特，但其實心底深處也不願意冒險小隊解散，或者再次失去任何同伴。

只要對方願意給予承諾，丹尼爾便會順著台階而下，這事情就算是過了。

然而布倫特卻遲遲不表態，這讓丹尼爾冒火三丈，心想難道這傢伙就連個保證也不願意給他們嗎？

就在丹尼爾忍不住冷嘲熱諷之際，布倫特卻捲起了衣袖，露出手臂上的印記，道：「你們可以放心，我絕不會再做出任何不利於隊伍的事情。」

看清楚印記的模樣，貝琳與埃蒙異口同聲地驚呼：「主僕契約!?」

丹尼爾衝上前端詳印記，確定這的確是主僕契約、還是僕人那邊的款式後，焦急地連聲詢問：「什麼時候的事情？與你訂下契約的人是誰？布倫特，你該不會腦子進水吧!?你絕對是被人騙了！」

光是對雙方都有一定約束力的龍騎士契約，便已能令賽德里克深惡痛絕，就更別說是契約之中單方面壓迫、完全不平等的主僕契約了！

簽訂主僕契約後，僕人那方要完全遵從主人的命令，他的生死都掌握在主人手中，沒有絲毫反抗餘地。

丹尼爾怎樣也想不到，布倫特竟然會簽下這種不平等的契約！

布倫特試圖解釋：「我沒有被騙，不是你想的那樣……」

丹尼爾卻火大地反駁：「怎麼不是被騙了？難道你會突然看不開，莫名其妙地主動去當別人的奴隸嗎？」

看著眾人因爲自己展露印記而方寸大亂的模樣，特別是丹尼爾雖然還在生自己的氣，而且說的話很不好聽，但每一句都是出自於對自己的關懷與擔心，布倫特便覺得心裡很溫暖。

還是這麼嘴硬心軟……丹尼爾從來都沒變呢……

布倫特假咳了聲，道：「其實這還眞的是我主動……」

聽到布倫特的話，三人震驚地瞪大雙目，都在想像能讓布倫特主動簽訂主僕契約的人到底是何方神聖！

布倫特解釋：「是我主動拿艾德的鮮血與他訂立主僕契約。」

丹尼爾聞言都呆了：「我剛剛好像幻聽了……」

埃蒙的表情也是呆呆的，貝琳則難以置信地說道：「可是艾德已經……這樣也可以？」

布倫特道：「我也只是想試試看，想不到竟眞的可行，最後成功完成契約了。」

丹尼爾皺起了眉，道：「你知道你在幹什麼嗎？與死掉的人訂立主僕契約這種事前所未聞，誰也不知道這個契約到底有怎樣的效果！」

主僕契約對作爲「僕人」那方有著絕對的壓制，「僕人」不能違背「主人」的任何命令。

一般來說，只要某方死亡，契約便會自動解除。可是布倫特卻直接與一個死去的人訂立契約，而且還成功了，可以說是發現了一個從未有人察覺到的漏洞。

只是在「主人」已經死亡的狀況下，這個契約卻變得不穩定與難以預測。布倫特到底做什麼事情才算是違背主人的命令，這些全都由契約說了算。

簡單來說，這個主僕契約的嚴苛程度就像靈魂契約般，布倫特不能做出任何可能違背艾德意願的事，不然便會受到契約的懲罰。

至於是怎樣的懲罰？這大概也是由契約說了算吧……

布倫特向焦急的同伴們笑了笑，灑脫地說道：「沒關係的，我們與艾德相處這麼久，也很清楚他是個怎樣的人、有怎樣的執著。好好完成『主人』的願望，不觸及『主人』的底線，這點我還是有自信可以做到的。」

布倫特又道：「所以，你們也不用擔心背叛的事會再次發生。即使你們不信任我，也可以相信我與艾德的主僕契約。」

說罷，布倫特表情嚴肅地請求：「所以丹尼爾、貝琳、埃蒙，你們願意再信任我一次，與我一起完成這段冒險嗎？」

三人目瞪口呆，想不到布倫特竟然做出這麼出格的事，就只是爲了取得他們的信任。

布倫特的舉動，表明他眞的很在乎這支小隊、在乎這些同伴。

曾經在他們最無助、最茫然的時候，是布倫特接納了他們，爲他們指引方向。

現在輪到布倫特需要他們了，即使對艾德的去世無法釋懷，可他們難道忍心在這種時候捨布倫特而去嗎？

獸族姊弟對望了一眼，埃蒙率先表態：「當然，我們一起努力吧！」

貝琳也微笑著對布倫特說道：「接下來也請多多指教。」

丹尼爾則是冷哼一聲，算是答應了。

布倫特見狀，終於露出了艾德死後第一個放鬆的笑容。

他不後悔訂下與艾德的主僕契約，這是他對艾德最鄭重的承諾。布倫特下定決心，接下來的旅程，他將帶著艾德的目標與願望走下去。

現在阻擋魔族出入的結界已經毀壞，如何抵禦魔族的襲擊已是刻不容緩。

不幸中的大幸是不知是否連接兩個世界的通道並不穩定，又或者是當年的召喚儀式出了差錯，這些年來從深淵闖入魔法大陸的魔族好像有數量限制般，不會無止境地瘋狂擁入。

再加上因爲艾尼賽斯的召喚，原本盤踞在結界裡的魔族在前段日子都不要命地想要往外衝。它們要不是死在衝擊結界時，要不便是在奧斯維德城死在龍族的手裡。

因此現在即使結界毀了，倒是沒有立即出現魔族大舉闖入的情況，讓人們還有一些準備的時間。

然而完全沒有了結界的阻擋，出沒在邊境聚居地的魔族終究明顯變多，只是暫時還在可以控制的範圍，短時間內並未對魔法大陸造成太大傷害。

可是誰也不知道深淵的另一邊到底是什麼情況，說不定明天、說不定後天，魔族便會大批入侵，就像摧毀人類那時一樣。

現在的魔法大陸就像面對強盜卻門戶大開的富戶，魔族從深淵進入後便能夠自由出入，不解決這個問題，誰也無法安心。

各種族都加派軍隊前往邊境的聚居地防守，也努力研究將深淵封印的方法。對於為了自保而令結界破碎的龍族，眾人雖然也理解在自身性命安危之下，並不是人人都能捨身成仁，可還是免不了責怪他們。

更何況還傳出了召喚深淵的邪教，其實是一名龍族族人在背後策劃的傳聞。只是現在強敵當前，各種族須齊心協力渡過難關，沒人因此事對龍族發難。但可以預想到，消滅了魔族的威脅後，便是對龍族興師問罪的時候了。

各種族因爲結界的破碎而焦頭爛額，沒有人關注冒險小隊的事。畢竟他們的旅程持續了這麼久也沒有什麼實質進展，雖然也許從艾德失去的記憶中能夠找到更多魔族相關的資訊，可是眾人對這虛無縹渺的事情並未抱持太大希望。

即使如此，冒險小隊還是繼續前進。根據石碑光芒的指引，眾人對照地圖後，發現他們將要前往的目的地，正在深淵附近。

想到最初他們便是在結界裡遇上艾德，結果兜兜轉轉，在魔法大陸繞了一圈後，又再次回歸起點。

而他們有預感，這個旅程的起點，也將是他們旅途的終點。

就算現在因爲結界破壞，那地方的狀況變得緊張與不可預測，冒險小隊還是決定要闖闖看！

且結界破損並不是完全沒有好處的，至少龍族可以自由變換形態，這也代表著……布倫特可以變成巨龍，載著同伴出發啦！

龍族的飛行速度自然不是馬匹可比，加上空中的行進路線完全不會因爲山脈、河流等因素受阻，全速前進，只需幾天便可到達目的地。

然而事實上，這趟旅程花費的時間卻大大超出他們的預期。

只因愈是接近結界邊界，魔族襲擊的情況便愈是嚴重！

即使現在遭遇的遠稱不上是大軍入侵，可零星魔族攻擊城鎮的事卻層出不窮，無論頻率或數量，均有日益增加的趨勢。

這些襲擊中最令人頭痛的問題還不是那些魔族本身，而是隨著它們的入侵，一併帶來的死氣。

死氣污染土地與河流，讓屍體與部分動植物產生變異。這些變異生物，反倒比魔族更讓人頭痛。

邊境的聚居地還好，那裡聚集了眾多實力高強的軍隊與冒險者，他們本就有著與魔族對戰的豐富經驗，因此面對日益頻繁的滋擾仍能臨危不亂。

但距離稍遠、那些以往很和平的城鎮，面對魔族的侵襲卻顯得有些吃力了。

雖說冒險小隊這次旅程有著目的地，可看見遭受攻擊的村落總忍不住去幫忙，所以大大拖延了行程。

如同現在，他們途經一座小村莊，遠遠就看到一棵大樹在追趕著村民。

乍看之下，他們還以爲精靈森林的樹人跑出來了。然而當布倫特降低了飛行高度，他們看到「樹人」的眞正模樣時，都忍不住倒抽口氣。

這瘋狂追殺村民的「樹人」，正是棵變異植物！

它非常高大，樹冠下有著長長的氣根，遭死氣感染前應該是棵榕樹。原本翠綠的樹葉變成了黯淡的灰綠色，彷彿被蓋了一層厚厚的灰塵；乾枯樹幹上的紋理看起來則如同一張張扭曲人臉，外表非常詭異。

變異榕樹並不是像樹人那般能夠離開泥土行走，它依然深深紮根在泥土中，長長的氣根卻像鞭子往村民方向抽打。

這只是一座數十人聚居的小村落，根本打不過這棵巨大的變異植物。在它的攻擊下，村民慌不擇路地尖叫著逃跑。

村民們只顧著逃，留下了一些被氣根打倒在地、不知是昏倒還是死了的同伴。變異榕樹的氣根就像一條條毒蛇纏繞在那些人身上，並刺入他們的身體吸取鮮血。

眼看情況危急，布倫特正好已下降至一定高度，埃蒙便想直接跳下去救人，卻被貝琳一手拉住：「等等！情況有些不對！」

埃蒙雖然救人心切，可出於對貝琳的信任，他沒有堅持立即救人，回首向對方投以詢問的眼神。

不待貝琳解釋，同樣看出異常的布倫特已先一步解答：「那棵變異榕樹似乎是有目的地把人往森林方向趕去。」

聽到布倫特的話，埃蒙連忙再次往變異榕樹看去。果見它真的如布倫特所說那樣，趕羊群似地故意將人們趕往特定方向！

埃蒙不由得一陣羞愧，心想自己都當了這麼久的冒險者，卻還是改不了急躁的性格，竟然沒有注意到戰場上的異狀，實在太不應該了！

身爲熟悉各種動植物的精靈族，丹尼爾指向森林——也就是村民逃跑的方向，道：「我懷疑森林的榕樹都已經變異。一會兒救人的時候，小心那片森林。」

埃蒙震驚地瞪大雙目。如果丹尼爾的猜測正確，那村民還往森林的方向逃去，無疑是羊入虎口：「所以那麼多榕樹都感染死氣了？」

丹尼爾卻糾正：「應該說，那些榕樹全都是同一棵植物。」

見獸族姊弟驚訝的模樣，丹尼爾挑了挑眉，道：「你們不知道嗎？榕樹的氣根成枝，看起來就像是一片森林，但其實都是同一棵植物。」

獸族姊弟還真的不知道，他們無論怎樣看，都覺得那就是由一棵棵個別大樹所形成的森林。

看著姊弟倆一副「長知識了」的模樣，丹尼爾不禁勾起嘴角，打了一個響指，道：「那麼，去救人吧！」

08.
離家出走的妖精

埃蒙與貝琳從天而降，直接把變異榕樹纏繞傷者的氣根斬斷。

二人的出現實在突然，變異榕樹在沒有絲毫防備之下無法反應過來。直至他們把傷者救走後，才後知後覺地揮舞著氣根，狂怒著想要把偷襲自己的人抓住！

此時一枝蘊含生命氣息的箭矢射來，準確地避開了變異榕樹狂舞著的氣根，射在它的樹幹上。

以變異榕樹的體型，射出的箭矢就像隻蚊子叮了大象一口，無法對其造成傷害。於是它完全沒有理會這枝卡在自己樹幹上的箭矢，只顧著抓捕那兩個奪去自己獵物的偷襲者。

也因此，它失去了自救的機會。

變異榕樹不知道，精靈族的箭矢可不是能輕視的東西。雖然小小一枝，然而誰也不知道他們會在箭頭加上什麼奇異的植物種子，造成出乎意料的驚人效果。

被箭矢插入的位置瞬間生出一株爬藤植物，它有著小巧玲瓏的葉子，花朵是漂亮的紫藍色，看起來纖巧又可愛。

不過這棵美麗的植物，卻不如它的外貌般無害。它是一種寄生植物，攀附大型植物而生，長有細刺的藤枝會緊緊插入被它寄生的植物中，吸取對方的養分。

在生命能量的催動下，纖細的藤枝纏繞著樹幹迅速生長，很快便結成了一張漂亮的巨網，把變異榕樹緊緊束縛起來，並肆意吸取它的養分。

變異榕樹這時想要掙脫已經遲了，寄生植物的藤枝看起來細小，卻異常堅韌。更何況這棵寄生植物是由生命力量催生出來，實力更加強悍，還不畏懼死氣。

很快地，變異榕樹枝葉相繼枯萎，此時丹尼爾又把箭頭對準了森林處的榕樹，直接往其中一棵射出了一箭。

他的猜測果然沒錯，那些榕樹的確是變異榕樹的其中一部分。見識了精靈箭矢的厲害，它不敢像之前那樣托大，直接用氣根密密麻麻地護住自己，成功阻擋了丹尼爾的箭矢。

然而丹尼爾這次的目的不是要攻擊它，只是要驗證自己的猜測而已。確定了那些榕樹都已變異後，他露出不懷好意的笑容：「我們的隊伍中，可是有著火龍啊！」

植物最怕的是什麼？

只見布倫特飛到「森林」上方，往變異榕樹群噴出熾熱的龍焰！

即使榕樹已經異變，本質還是怕火的植物。火龍的龍焰是世上最高溫度之一，任憑變異榕樹再怎樣掙扎也於事無補。大火瞬間燃燒上它的枝葉，迅速吞噬掉它。

看著在龍焰中不斷扭動掙扎的變異榕樹，那些逃跑的村民驚駭地停下腳步，想到自己剛剛還拚命往這些「怪物」跑去，心裡滿是後怕。

冒險者們確定變異榕樹已被消滅、四周沒有漏網之魚後，並沒有立即離開，而是幫忙村民安頓傷者，以及淨化被污染的土地。

可惜幾名傷者中，還是有一人因受傷太重，即使努力搶救了，終究沒有救回來。

看著死者家人泣不成聲的模樣，埃蒙忍不住小聲說道：「如果艾德在的話……一定能夠救回他的吧？」

布倫特幾人沒有回答，但都忍不住懷念起那名曾堅守在他們後方、總能及時支援他們的人類祭司。

也許因爲艾德的位置是在後方提供支援，因此在戰場上的表現於外人眼中並不亮眼，但身爲被援助的一方，他們都能感受到有了艾德的加入，讓團隊的戰鬥力大大提升。

他們不再畏懼死氣的侵襲，即使戰鬥中出現小失誤，艾德也會及時幫助他們防禦。攻擊時亦能獲得各種增幅，讓原本強悍的實力變得更爲強大。

雖然誰也沒有說，可至今他們依然無法習慣失去艾德後的戰鬥，總是會不時出現各種失誤。很多時候還會誤判自己的力量，又或者面對攻擊時，下意識覺得會有光盾防護。

這種落差往往令他們的反應慢一拍，幸好這段時間遇到的敵人不算棘手，沒有出太大的問題。

也因爲這些戰鬥時的小習慣，他們才驚覺到，原來在不知不覺中，艾德已經完全融入了他們的生活。

相較於他們在戰鬥中的亮眼表現，艾德卻是潤物於無聲。不須他們出聲要求，無論是防護還是效果增幅，艾德已默默在背後爲他們準備好了。

他們與艾德組隊的時間不算很長，甚至對龍族與精靈族這些長壽種族來說，也許只是眨眼之間的光陰，可無可否認的是，艾德已在他們這支冒險小隊中烙下自己獨特的、無可取代的印記。

處理完各種戰後協助，村長親自向冒險者們道謝，感謝他們這次的救命之恩。

接著眾人震驚地發現到，坐在村長旁邊的人竟然是一位妖精！

埃蒙甚至揉了揉眼睛，都以爲自己眼花了。

畢竟自母樹沉睡後，妖精都成了無依無靠的小孩子，爲了能更好地照顧他們，都把這些調皮的搗蛋鬼安置在大城市中。

他們怎樣也想不到，這個偏僻得不得了、人口不足百人的小村莊裡，竟然有一名妖精！

想到各種族的大佬在得知妖精的煉藥天賦後，便安排這些孩子去上學。難道這座不起眼的村莊中，有出色的煉藥師？

見冒險者都盯著自己，這個與戴利年紀相若、外貌也很相似的妖精仰起一張小臉，不高興地說道：「我是很好看沒錯，可是你們不許盯著我看！」

好吧……看起來脾氣不太好，而且是個自戀的小鬼。

孩子對救命恩人態度不好，偏偏對方是名妖精，打不得、罵不得，村民尷尬地笑了笑：「不好意思，這孩子是亨利，他說想親自感謝你們，所以我才讓他一起過來。」

然而亨利卻完全不了解村長想爲他找台階下的心思，單純地說道：「不是啊！我只是說想看看把怪樹打敗的人長什麼樣子而已，沒說要感謝他們啊！」

村長無奈地嘆了口氣，決定不再爲亨利解釋了。反正看冒險者們的樣子，應該不會與這麼小的孩子計較吧？

布倫特挺喜歡小孩子的，便笑著想逗逗亨利：「那現在你看過我們了，覺得如何？」

亨利聞言，視線再次掃過幾名冒險者。在孩子的審視下，埃蒙悄悄踮起了腳尖，想讓自己看起來高一些，引得旁邊的貝琳「噗哧」地笑了出來。

亨利卻沒有注意獸族姊弟那邊的動靜，此時他正眨也不眨地盯著丹尼爾……準確來說，是盯著丹尼爾的耳朵看。

這次輪到丹尼爾不爽了：「看什麼？」

說罷，他下意識便想拉上斗篷，然而腦海裡卻閃過了與艾德在精靈森林中那場敞開心扉的談話。手動了動，最終仍放了下來，坦然面對亨利的打量。

亨利好奇地打量丹尼爾那雙與尋常精靈不同的耳朵，道：「你的耳朵與其他精靈不一樣呢！」

丹尼爾挑了挑眉：「所以呢？我就不能與別人不一樣嗎？」

亨利似乎想不到丹尼爾會這麼說，他仔細想了想，與別人不同也沒什麼，甚至還覺得獨一無二眞的很棒，便道：「不會啊，這樣挺帥的。」

丹尼爾不禁勾起了嘴角。果然很多事情之所以會感到如此困擾，其實只是因爲自己太過在意而已。

丹尼爾一直覺得別人很介意自己的混血血統，但其實對於外人來說，有時候不過是因爲好奇而多看一眼，即使眞的看不起他，頂多嘀咕幾句，只要自己不過分在意，別人便無法利用這件事對他造成傷害。

幸好他明白這個道理的時機還不算晚。

現在回望過去，自己一直戴著斗篷遮遮掩掩的模樣，其實挺好笑的。

布倫特見丹尼爾沒有像以往那樣，因爲自己的混血特徵而與別人發生衝突，也爲他的轉變感到欣喜。看這一大一小有些和樂融融地聊了起來，布倫特便轉向村民詢問：「爲什麼亨利會在這裡？」

村長立即露出一副可憐兮兮的表情，道：「關於這個孩子，我有事情想拜託各位。」

說罷，他顯然想到不久前自己還很虛僞地說孩子特意前來感謝他們，卻被亨利直白地戳穿自己的小心思，有些不好意思地假咳了聲，繼道：「亨利原本住在附近的城鎮，他離家出走後迷失了方向，結果便流落到我們這裡。」

冒險者們聞言露出了然的神情，他們本就奇怪這麼偏僻的小村莊爲什麼會有妖精，原來是離家出走後闖進來的。

對村長來說，亨利絕對是個燙手山芋般的存在。特別在村莊遇襲後，不少建築物都受到破壞，他們忙著重建村莊，更加顧不上他了。

這時候冒險者正好出現，而且村長探聽過了，冒險小隊接下來的路線與亨利的目標一致，這不正是天意嗎？

於是村長厚著臉皮請求：「亨利得知結界破損後，便想回到妖精原野看看母樹的狀況，這才偷偷跑出來。妖精原野正好與你們前進的方向相符，要不……你們就幫忙把這孩子送回去吧！」

原本村長是打算將亨利送回他當初逃離的城鎮，只是被猜出意圖後，亨利便威脅說自己是鐵了心要回到妖精原野看看。即使村長把他送回去，他還是會再找機會逃跑。

村長想著萬一旅程中亨利逃了，那豈不成了他的責任？何況妖精不是囚犯，對方要回家是很合理的要求啊！

於是村長便想拜託冒險小隊把人送到原野，反正順路不是嗎？

冒險者們的下個目的地，是回到最初的起點——艾德出現的那座石碑附近。

那的確是與前往妖精原野相同的方向，畢竟當初他們與艾德相遇後，第一個拜訪的便是妖精的領地。然後是獸族、精靈、龍族，現在繞了一圈後要回去，自然是往妖精領地的方向走。

反正路線相同，帶上亨利也無所謂。把人送到後便讓他暫時在原野待著。經過這段時間，妖精們已經不是一開始生活不能自理的狀態了，在熟悉的地方應該能夠好好照顧自己。總比讓他一直記掛著回家，自行偷跑到外面到處亂走爲好。

現在各種族自顧不暇，萬一亨利出了什麼事，也沒有人有時間與心力再去給予他特殊照顧。

於是冒險者們商量了下，決定接過護送亨利的委託，省得這個孩子不知道天高地厚，若再到處亂跑，可未必有這次的好運氣了。

決定了亨利的去向後，布倫特便向他打聽：「你認識戴利嗎？他跟你一樣也是妖精。」

亨利扠腰道：「這是什麼蠢問題，我當然認識呀！雖然以前我們沒太多的自我意識，不過大家同住在原野這麼多年，妖精數量又不算多，早就彼此熟悉了。」

布倫特不介意亨利說話不客氣，接著詢問：「戴利最近失蹤了，你能夠知道他在哪裡嗎？我記得妖精之間能夠互相感應，還可以互通情緒？」

亨利雖然平常說話沒大沒小，不過這個伶牙俐齒的孩子看到布倫特擔憂的模樣，倒是沒有取笑他蠢，而是耐心解釋道：「自從我們離開了原野，自我意識便變得愈來愈高，隨之相反的是彼此之間的精神連繫弱了不少。如果雙方相距太遠，就無法產生感應啦！只有在一定距離下，才能像以往那樣連繫上。」

布倫特問：「一定距離是指多近？」

亨利秒回：「不知道。」

布倫特無奈地看著他，亨利理所當然地回望過去。

經過一番溝通後，冒險者們大致了解到妖精們的精神連繫雖然削弱不少，但只要在一定距離內，還是能夠感應到同伴的存在。

只是這距離到底是多遠，卻不得而知了。

也就是說，想依靠其他妖精尋找失蹤的戴利，基本上是不可能了。

不過布倫特還是讓亨利多注意一下，要是在旅程中感應到其他妖精，便立即通知他們，亨利聞言乖巧地點了點頭。

冒險者們見狀，不由得欣慰地鬆了口氣。

雖然亨利說話總是很不客氣，只是相較於其他作天作地的妖精，這孩子算是乖巧了。

相信在接下來的旅程，要照顧他應該不算是件太困難的事情……吧？

不過冒險者們隨即又想到，這個被他們評價為「乖巧」的孩子，可是做了離家出走後獨自越過叢林、迷路後闖入陌生村莊的壯舉。

是個平常看起來頗乖，卻會憋著出大招的孩子呢！

想到這裡，布倫特頭痛地揉了揉太陽穴。只希望亨利接下來能夠安安分分的，讓他們平安把人送回妖精原野就好。

至於利用妖精族特有的精神連繫尋找戴利，這事情只能碰運氣，冒險者對此不抱太大的期待。

那麼，被各方記掛著的戴利，現在的情況是怎樣的呢？

身爲拐帶慣犯，奧布里當然知道該怎樣帶著戴利，而又不引起他人的懷疑。

光是用來隱藏種族特徵的魔法道具，奧布里便擁有多件以備不時之需。進入城鎮後，這些魔法飾物便派上用場了。

奧布里告訴戴利，他妖精族的身分太搶眼。現在有「奧布里」這個人販子在外逃亡，爲免節外生枝，自己這個精靈族衛兵與戴利的妖精族身分，稍作僞裝比較穩妥。

於是在他的哄騙下，戴利不疑有他地戴上一件可以改變容貌與種族特徵的魔法飾物。現在他與奧布里看起來，就是一對長相相似的獸族兄弟。即使認識的人碰上，只怕也認不出來。

原本奧布里的計畫是與戴利躲在深山做研究，只是戴利孩子心性，耐不住寂寞，長久下去只怕會鬧起來。此時奧布里雖然已取得戴利的信任，可是距離讓戴利對他言聽計從還需要一些時間。

還有另個原因，是奧布里得知結界已被破壞，只怕不用多久，邊界地區便會很熱鬧了。身爲艾尼賽斯的弟子，奧布里當然不能錯過盛況。

甚至奧布里還生起一個充滿野心的想法——既然艾尼賽斯能夠因爲信仰黑暗而從深淵獲得力量，那爲什麼他就不可以呢？

眼看結界破碎，深淵真正降臨只是時間問題而已。如果深淵只需一個代理人，那自己何不找個機會踢開艾尼賽斯、取而代之？

於是在戴利耐不住寂寞，表示想到城鎮逛逛後，奧布里便順勢答應下來，再次在戴利內心賺足了好感度。

奧布里帶戴利前往一座鄰近小鎮，並和藹地告訴他，自己正好有朋友住在那裡，可以借住在對方家，而且對方有個兒子，可以與戴利一起玩耍。

那是一對獸族父子，他們並不高大，有著圓潤的耳朵與毛茸茸的尾巴。見戴利好奇地打量，名爲約瑟夫的父親親切地向他打招呼：「戴利你好，我們是狸族喔！」

說罷，他推了推有些害羞的兒子，對戴利介紹：「這是我的兒子肯特。」

肯特看來與戴利年紀差不多，他朝戴利羞澀地笑道：「你好。」

戴利眨了眨眼睛，道：「你好，我可以摸摸你的尾巴嗎？」

這麼毛茸茸的尾巴，一看就知道觸感很好。

肯特也眨了眨眼睛，明明是一樣的動作，可這孩子卻顯得特別乖巧。

只見肯特猶豫了好一會，這才下定決心般說道：「好吧！你要輕輕的喔！」

如果肯特不答應，以戴利調皮的個性說不定會不管不顧地硬是摸上一下。又或者，若是肯特輕易一口答應下來，戴利雖然高興，卻不會覺得這是多大的事。

然而肯特的表現卻是顯得有些爲難，可在猶豫一會兒後，還是答應了戴利的請求。如此一來，反倒讓戴利有些感動，對於這個新認識的朋友好感度大增，摸尾巴的動作也小心翼翼的。

看到兩個孩子相處的情況，約瑟夫與奧布里交換了一個眼神，隨即奧布里上前說道：「戴利，我有些事情要辦。你在約瑟夫家裡等我，要乖乖聽話啊！」

戴利有些不樂意了，他與約瑟夫、肯特才剛認識，不想獨自留下。然而當他想表示要跟著一起走時，肯特卻上前牽著他的手，高興地笑道：「戴利，我們到房間裡玩吧。我給你看我的玩具，那些都是我珍藏的寶貝呢！」

戴利有些好奇肯特的玩具，加上不想拒絕對方的好意，便應允了下來。

09.
心理操控

肯特的房間果然有不少玩具，只是那些玩具種類頗雜——有洋娃娃，也有木雕的小刀、小劍；有精靈族的手工雕刻品，也有獸族用獸皮縫製的玩偶。

要不是知道約瑟夫只有肯特一個兒子，光看這些種類繁多的玩具，戴利都以爲對方生了一堆可能性別不同、甚至種族也不同的小朋友了！

約瑟夫見兩個孩子相處融洽，他向肯特交代一聲，讓他好好照顧家裡的小客人後，便外出打理家裡的田地了。

戴利與肯特玩得不亦樂乎，然而肯特陪不了多久，便因爲要做家務而不玩了。

雖然肯特大方地把玩具分給戴利，讓他自己先玩，可獨自一人玩耍又有什麼樂趣呢？戴利不高興地抱怨：「我們還是小孩子，爲什麼你要工作啊？」

肯特好脾氣地解釋：「不是工作，是做家務呀！」

說罷，他拿起掃把開始掃地，不再理會戴利的抱怨。

戴利覺得一個人玩沒意思，便待在一旁等待。看到肯特仔細把家裡打掃了一遍後，戴利立即高興地再找他一起玩。

然而肯特卻搖了搖頭，拒絕道：「我還要洗衣服呢，你自己玩吧。」

戴利聞言，對約瑟夫的印象頓時一落千丈：「怎麼都要你來做，約瑟夫也太過分了！」

聽到戴利說自己父親不好，肯特也有些不高興，但還是耐著性子解釋：「可是我父親也很忙啊！他要到田裡耕作，沒空做家務。很多小孩子都要做家務的，並不是只有我這樣。」

對於從小被人悉心照料的戴利來說，小孩子的工作就是玩耍與健康長大……好吧！也許現在還要加上「上學」二字……但無論如何，「家務」是大人應該做的事。畢竟一直以來，這些事情都不用戴利操心，因此他覺得其他孩子也是一樣。

可其實在魔法大陸中，像戴利生活得這麼悠閒，除了讀書便什麼事情也不用做的孩子真的不多。

很多孩子甚至沒有到學校讀書，而是跟隨父母學習耕作或其他手藝，長大後以此維生。當父母外出工作時，孩子則要做各種家務與勞動。

像肯特這樣，才是魔法大陸上大部分孩子的日常。然而戴利卻無法理解，只覺得約瑟夫在虧待自己新認識的朋友：「他現在沒空，那回家後可以做啊！你說其他孩子在家裡都要幫忙，可我就不用呢！」

說著說著，戴利開始向肯特炫耀起來。既說約瑟夫這樣做不對，又說肯特還真可憐，不像自己平常只要好好學習就行。

肯特聞言，忍不住小聲嘀咕：「一定是因為你太懶，所以之前照顧你的獸族才不要你吧……」

戴利耳朵動了動，雖然肯特話說得很小聲，但他還是聽到了，立即生氣地反駁：「才不是呢！阿諾德沒有不要我！他只是回去找未婚妻而已，很快便會來接我！」

肯特疑惑地反問：「真的嗎？可是我聽到傑瑞德跟父親談話時，說你原本的照顧者不要你了，因此現在由他負責帶你……難道我聽錯了？」

「一定是你聽錯了！」戴利臉色很難看，可他雖然說得肯定，但心裡其實已經動搖，只是不願意承認罷了。

然而肯特卻完全相信了戴利的話，他不好意思地搔了搔臉，道：「嗯，應該是我誤會了。戴利你沒有被拋棄眞的太好啦，那人什麼時候會把你接回去？」

肯特無心的詢問，彷彿一枝射準了戴利弱點的箭矢。因爲阿諾德完全沒有交代什麼時候會來接戴利，甚至至今沒有聯絡過他。

想到這裡，戴利再也無法自欺欺人下去，「哇」的一聲號哭了起來：「所以因爲我不乖，沒有做家務，阿諾德就不要我了嗎？嗚……阿諾德這個渾蛋！明明說過會好好照顧我……」

肯特被戴利突如其來的哭泣驚呆了，手忙腳亂地安慰著對方，可惜收效甚微。

戴利不僅失去部分記憶，熟悉的阿諾德還不在身邊，心裡其實很徬徨，只是不想讓傑瑞德爲難，這才一直忍著不說。

結果現在卻聽到阿諾德厭棄了自己、還拋棄自己的消息，戴利瞬間被破防了。

戴利愈哭愈大聲，彷彿要把這段時間的所有不安與委屈全都哭出來。肯特看戴利哭得這麼傷心，對自己的安慰充耳不聞，便跑到外面去找約瑟夫救場。

約瑟夫被肯特拉回來，戴利依然在哇哇大哭。約瑟夫回來的途中已簡單了解狀況，見狀不由得敲了肯特的頭一下，責罵道：「看你幹的好事！在胡說什麼呢！」

偏偏肯特是個耿直的性子，他摀住被敲痛的頭，不服氣地小聲反駁：「我才沒有胡說，明明就是你跟傑瑞德說戴利的照顧者不要他的。」

邊哭邊旁聽著父子對話的戴利，聞言哭得更加大聲了。

奧布里回來時，立即被戴利那雙像胡桃核般的雙目震驚到了！

這是什麼妖魔鬼怪!?

定睛一看才發現，這不是戴利嗎？怎麼把眼睛哭得這麼腫？

奧布里皺起了眉，嚴肅地詢問戴利：「發生什麼事情了？有人欺負你？」

說罷，奧布里的視線掃向約瑟夫與肯特。作爲弄哭戴利的罪魁禍首，肯特神情不免尷尬。見對方盯向肯特，顯然是誤會了什麼，戴利連忙解釋：「沒有人欺負我，我只是知道了……」

戴利嗓音沙啞，也不知道到底哭了多久才會變成這樣。聽到他的聲音後，奧布里眉頭的皺痕更深了：「知道了什麼？」

「知道阿諾德不要我了，他厭煩了我，把我丟給你照顧嗚嗚嗚！」說到後面，戴利忍不住又哭了。

奧布里嘆了口氣，邊安慰著戴利，邊責怪約瑟夫：「我不是說這件事情要保密嗎？你跟一個孩子說這些幹嘛？」

一旁肯特誠實地認錯：「不關父親的事，是我無意間聽到你們的對話，把事情告訴了戴利……對不起！」

約瑟夫拍了拍一臉內疚的肯特的肩膀，對奧布里說道：「其實你一直瞞著戴利也不是辦法，他總要知道的。而且寵孩子也不能什麼事情都依著他，戴利不小了，是時候要好好教育一下啦！」

此時戴利已停止哭泣，聽著約瑟夫的話，他驚呆了。

怎麼話裡的意思，錯的人好像是我？

然而這個想法剛浮現，戴利便想起肯特之前說的。

肯特說因爲他懶，什麼事情也幫不上忙，阿諾德才不要他的。

難道……肯特說的話是眞的？

這個認知對戴利幼小的心靈造成了極大打擊，他從來都是個樂觀快樂的孩子，此刻首次產生了自我懷疑的心情。

因此當約瑟夫與肯特離開房間、給予二人好好談話的私人空間時，戴利非常執著地想要知道阿諾德離開的眞相。

面對追根究柢的戴利，奧布里知道不能再隱瞞下去，乾脆把話說開：「阿諾德的確是因爲未婚妻生病而趕回去，只是在他未婚妻的勸說下，阿諾德決定把你交給我照顧。」

戴利聞言很生氣，亦覺得難以置信：「他就因爲那女人說我的壞話，就不要我了!?」

奧布里嘆了口氣，解釋：「大概是你屢屢與他的未婚妻爭吵，他也很爲難吧？戴利，你要知道你終究不是阿諾德的孩子。你要比其他小孩更好、更加乖巧，才有機會把人留住啊！即使再不喜歡阿諾德的未婚妻，你也不應該與對方起衝突。」

奧布里這番話，直接點明了戴利就只是個寄人籬下的孩子。他還不懂得討好別人，這不就被人送走了嗎？

以往人們都顧忌戴利的心情，從不會多說妖精們此刻面臨的狀況，也對他們很好。因此戴利即使心裡知道他們是依靠母樹留下的情分而獲得其他種族的關照，卻從沒有這方面的眞實感。

可現在戴利第一次確實地感受到，他其實是仰賴別人的善心與同情生活的。只要對方不喜歡他了，隨時可以拋棄他。因爲對方與他非親非故，根本不欠他什麼。

而在母樹沉睡的現在，沒有靠山的妖精們尚且年幼，根本無法僅靠自身的力量獨自在魔法大陸上存活。

這個認知帶給戴利不小衝擊，再加上接著奧布里說了好些名爲安慰與教導的話語，實際上卻盡在言語間把戴利貶得一文不值。

看似一番寬慰孩子的話，卻暗示妖精是依附其他種族生存的寄生蟲，能活下來是別人的恩賜。他們理應安分守己、仰人鼻息地活著，要是無法討得別人喜歡，那麼隨時都會被照顧者拋棄。

戴利對奧布里的話全然信以爲眞，畢竟對方的話雖然對妖精族多有貶低，把各種族照顧妖精的心理活動形容得較爲負面，但這些「加工」全都建立於妖精在魔法大陸的表現。

在眞實之上建構的虛假，往往特別容易讓人信服。即使戴利對於奧布里所說的話有任何懷疑，卻也無從查證。畢竟對方沒有說謊，只是對現有的狀況進行惡意揣測罷了。

這天戴利對世界的認知出現了翻天覆地的變化，他變得沉默起來。借住在約瑟夫家裡的幾天，除了默默進行實驗外，還一直暗中觀察約瑟夫與肯特之間的相處。

他發現肯特是個勤勞的孩子，小小年紀便肩負了大部分家務。與約瑟夫的相處中，肯特往往處於服從者的位置，非常乖巧聽話。

對比之下，就連戴利也覺得自己頑劣無比，而且是個好吃懶做的壞孩子了。

戴利覺得自己這麼下去不行，於是在空閒時便主動詢問有沒有什麼是他可以做的事情。

一開始，雖然覺得很辛苦，也有想要放棄的時候，可是每次他只要表現出想要放棄的心思，身邊的人都會露出「果然妖精就是好吃懶做，沒救了」、「他這麼懶，難怪別人不想再養他」諸如此類的表情，戴利心裡發緊，只得咬牙堅持下去。

因為是家務新手，戴利做家務時免不了出些小差錯。約瑟夫父子為他收拾殘局時，總是開玩笑般地打趣他：「戴利你真的笨手笨腳呢！幸好傑瑞德是個善良的人，不會嫌棄你。」

每次戴利出錯，父子倆都把類似的話掛在嘴邊，不知不覺間，戴利愈來愈沒有自信，也愈發地害怕被人拋棄。

幾天以後，以往活得像個小少爺般、飯來張口的戴利，在家務上，已變得有模有樣了。

而後肯特便開始把所有家務都交給戴利負責，他的說法是戴利做家務的話，他便能幫父親一起耕作了。戴利的勞動，可以當作這段時間的房租。

如果說，一開始做家務只是懷著幫忙的心情，與小伙伴一起勞動還是滿有趣的，可現在所有家務都要獨自完成，戴利便有些不樂意了。

於是那天晚上，因爲幹活而腰痠背痛的戴利，忍不住向奧布里抱怨，說想要離開這裡。

他寧願回森林，也不想繼續借住在約瑟夫家裡了。

奧布里聞言，沒有像以前那般一口應允戴利的請求，而是站在有理的那方與戴利講道理：「戴利，一開始是你提出在森林裡待著太悶，希望我帶你到城鎮的，不是嗎？」

滿心委屈的戴利這才想起這件事，有些心虛地辯解：「可是我不知道來到城鎮會這麼忙，害我都沒有時間研究新藥劑了。」

奧布里想著自己與戴利已在這座城鎮待了數天，也差不多是時候要離開了。畢竟自己還是個通緝犯呢，即使兩人利用魔法道具改變了容貌，還是不適合在同一個地方待太久。

何況他這次的目的──「馴化」戴利的第一步，也已經完成。

於是奧布里裝作一副爲難，但最終爲了滿足戴利的要求而不得不應允下來的模樣，建議：「的確是我考量不周，戴利你的工作是研究新藥劑，不該被雜事分散注意力。那不如這樣吧，你既不想留在這裡，也嫌留在森林進行研究太過沉悶……我們可以進行一場旅行？你不是想搜尋草藥嗎？正好可以多看看不同的地方，說不定對煉製『新藥劑』有幫助。」

至於旅行的目的地，自然便是向著有魔族四處爲禍的深淵前進了。

奧布里本就沒有打算在這座城鎮待太久，聽說結界毀壞後，他便決定要往深淵看看。魔族正式進攻魔法大陸，他這個研究暗黑魔法的人又怎能錯過？

艾尼賽斯這些年來爲黑暗力量鞠躬盡瘁，獲得的回報也是巨大的，奧布里早就垂涎對方從深淵那獲得的種種好處。

這次魔族大舉入侵，說不定這正是他的機緣，而能讓黑暗力量迅速在魔法大陸蔓延、防不勝防地污染各種生靈的藥劑，則將是他的投名狀。

艾尼賽斯能夠做到的事，我也能夠做到，甚至做得更好！

這麼想著，奧布里看著戴利的眼神變得更加溫柔。

面對對方體貼的提議與小小的煉藥要求，戴利都快被感動哭了！

戴利其實對於用死氣煉製藥劑一事一直很猶豫，但對方都爲他著想並忍受他到這種程度了——一下鬧著要進城、一下又鬧著要離開——唯一的要求只是讓他好好研究新藥劑，他怎能把拒絕的話說出口呢？

即使心有疑慮，戴利還是乖巧地點了點頭。

於是借住在約瑟夫與肯特家數天後，奧布里便向他們告辭了。

肯特依依不捨地與戴利道別：「戴利，你有空要再來找我玩啊！」

這幾天戴利看到肯特便頭痛，實在因爲每次肯特都叨唸著要他乖巧聽話、多幫忙勞動，才能讓人喜歡，戴利都怕了他了。

可現在要離開，戴利又想起肯特的種種好處。肯特性格成熟，是少數耐得住性子哄他、也能夠忍受他牛脾氣的小伙伴。

面對肯特的不捨，戴利忍不住也有些難過，一臉認眞地保證：「我會的！」

送走奧布里與戴利後，原本一臉捨不得的肯特立即來個大變臉，抓了抓頭髮，道：「總算走了！他們再不走，每天幹家務我都快要受不了了！」

約瑟夫點了支菸，聳了聳肩道：「你後來不是把工作都推給那個小鬼了嗎？有什麼好抱怨的，我要耕田才慘呢！知不知道中午的太陽到底有多毒？不過看在奧布里給這麼多的份上，就幫他這個忙好了。」

約瑟夫與肯特二人的確是父子，只是他們家並不是以務農維生。農夫只是他們的僞裝，二人其實是一對騙子。

別人會防備一個正值壯年的男人，可卻鮮少會防備帶著孩子的父親。因此肯特從小便被約瑟夫訓練成出色的騙子，在約瑟夫做壞事時幫忙掩護。

無論是盜竊、詐騙，還是拐賣，這對父子都合作無間。

在眾多犯罪中，販賣人口獲利最高，也是二人最常進行的勾當。肯特經常利用身爲孩子的優勢，誘拐其他小孩到家裡，再由約瑟夫把人綁走。當有人發現孩子失蹤時，這對父子便會換一處地方生活。

而他們在販賣「貨物」的時候，認識了同爲人販子的奧布里。

不久前，約瑟夫接到奧布里的求助，讓他與肯特一起去詐騙戴利。

戴利只是個涉世未深的孩子，輕易便被他們騙得團團轉。二人依照奧布里要求的流程完成詐騙，並收到不菲的酬勞。

肯特雖然完美地完成了工作，只是他卻無法理解這次的工作內容，甚至覺得莫名其妙：「奧布里是要賣掉戴利嗎？那直接把人賣出去就好，幹嘛要讓我們去做一場戲呢？」

約瑟夫呼了一口煙，仰首看著灰色的煙霧飄散在空中，他淡然說道：「奧布里曾經跟我說過，人其實與狗一樣，都是可以馴化的。」

10.

奇蹟之花

約瑟夫說這番話時語氣淡淡的，可肯特卻感到一陣毛骨悚然：「所以他是看中戴利的能力，想把人馴服後收爲己用？」

說罷，肯特又不明白了：「那不對啊！既然如此他不說對戴利有求必應，也應該哄得他高高興興地離不開自己才對。老是讓我說些打擊戴利的話，又讓我逼迫戴利做這麼多家務，到底有什麼用處？」

約瑟夫解釋：「奧布里曾經跟我分享過洗腦的技巧，他說馴化人的方法其實都有固定套路。斷絕對方與外界的聯繫，再將雙方的利益與榮耀捆綁在一起。在封閉的環境下，奧布里會以權威一方的身分讓對方依靠，最終凌駕對方……」

肯特從小便成爲約瑟夫行騙時的搭檔，身邊認識的全是三教九流之人，眼光與閱歷自然不是尋常孩子可比。加上他很聰明，立即消化完約瑟夫的話，並且總結道：「消息封閉、集體榮譽、個人崇拜……這簡直就像邪教的手段。」

約瑟夫聞言笑了：「就是嘛！其實馴化人的方法都是大同小異，難的是過程中怎樣不引起對方的警戒。奧布里讓你處處打壓戴利，讓他產生自卑與內疚的情緒，便能夠更好地掌控他。」

肯特問：「那勞動呢？讓一個人離不開自己，不是應該讓對方過得更好、獲得以後沒有的好處嗎？」

約瑟夫道：「也不一定。怎麼說呢……人往往付出得愈多，那段關係便顯得愈發珍貴，也更加難以割捨。比如我送一個你不喜歡的玩具給你，你也許隨手便把它丟到一旁。可如果我告訴你，爲了買這玩具我足足花了十枚金幣，你即使不喜歡，是不是也會因爲它的價值而把玩一番？」

肯特想了想，驚訝地發現還眞的會這樣。同樣的玩具，獲得的代價愈高，便會令人珍惜。即使不喜歡，也不會隨意丟掉它。

約瑟夫又道：「又比如那些被家暴的婦女，她們總會想著既然以前都忍過來了，如果現在與對方離婚，那以往所受的苦楚都白費了。」

肯特不由得感嘆：「眞可怕啊……」

約瑟夫掐滅菸頭，道：「誰說不是呢？別看奧布里總是一副和善的模樣，那是個不能招惹的狠人呀！戴利被他看上，還眞是倒了八輩子血楣。」

在約瑟夫兩人討論著戴利的同時，阿諾德也與同伴們談論著和他相關的話題。

時間回到稍早以前，特瑞西等人準時在約好的時間來接阿諾德與戴利。然而當戰船靠岸時，他們卻不見熟悉的孩子身影，取之代之的是一名銀髮的精靈族，以及一個……斗篷人？

特瑞西作爲副官，親自下船迎接阿諾德，並好奇地詢問：「阿諾德，戴利呢？還有這兩位是……？」

阿諾德爲雙方介紹：「這位是我的副官特瑞西，這一位是精靈族的白色使者大人。至於披著斗篷的這位新朋友……我只知道他叫路加……」

與諾亞一起離開龍族領地後，阿諾德便提議到岸邊等候特瑞西來接他們。那時雖然距離約定的日期還有兩天，不過走水路比陸路快，諾亞衡量路程後，便應允了下來。

二人在海岸區暫留，接著諾亞提出他有朋友就在附近，希望能順道把人送回精靈森林。

這種小事，阿諾德一口便答應了，然而他想不到諾亞的那個精靈族友人，是個比「丹尼爾」有過之而無不及的斗篷人！

丹尼爾至少還會露臉，但這人的斗篷顯然施了魔法，無論從哪個角度看過去，都是黑漆漆的，完全看不見臉面。

更誇張的是，他連聲音也進行了偽裝，如果這人不是諾亞的朋友，光憑他那副鬼鬼祟祟的模樣，阿諾德怎樣也不會讓他上船。

斗篷人出現後，先是向諾亞頷首示意，然後便對阿諾德道：「你好，我是路加。」

說罷，這人便站到了諾亞身邊。

還在等待對方自我介紹的阿諾德：「？」

沒有了？

所以你到底是誰?別以爲你告訴我名字，我們就算是認識了!臉不肯露，連聲音都要僞裝，眞的很可疑好不好!

阿諾德覺得這人很詭異，可同伴卻似乎覺得那身非主流的裝束完全不是問題。諾亞是他的朋友就不說了，連雪糰竟然都很喜歡他，主動飛到路加的肩膀上，歪著頭好奇地盯著對方黑洞般的臉。

雪糰，你就不覺得他的臉黑得讓人心裡發慌嗎?

阿諾德在心裡瘋狂吐槽的時候，正好看到他們等待的戰船緩緩駛來了。結果他這麼一分神，便錯過了追問對方身分的時機。

特瑞西好奇地打量路加，這人並不壯，看起來像名女性或是瘦弱的男性。想到精靈族都是纖瘦身材，而對方又是白色使者的朋友，很有可能也是名精靈族。

只是更多的，比如性別與職業，特瑞西便完全看不出來了。

雖然心裡感到很疑惑，可路加是「白色使者」的朋友，單是憑著這一點，阿諾德與特瑞西都不會對他有太大的猜疑。

白色使者素來神祕，特瑞西還是第一次見到本人。他有些興奮地向諾亞與路加打了聲招呼，然而面對陌生人，諾亞的社恐又犯了，他匆匆忙忙地移開了視線，不敢與熱情的特瑞西對望。

特瑞西自覺把人嚇到了，有點尷尬地搔了搔臉。為了不再增加諾亞的壓力，他便轉向一旁的路加，轉移了話題：「為什麼要用斗篷遮住臉呢？這斗篷是魔法道具，對吧？」

路加簡而精準地回答：「我毀容了。」

特瑞西與阿諾德：「……」

怎麼說呢，雖然路加的回答合情合理，可也許是因為他回答得太過漫不經心，兩人怎樣都覺得這只是藉口。

阿諾德也好奇地詢問：「那你的嗓音？」

路加的回答依舊簡短：「也毀了。」

特瑞西與阿諾德：「……」

愈來愈覺得這人在敷衍他們了。

與新朋友打過招呼後，特瑞西再次詢問阿諾德：「戴利呢？他該不會想留在艾德身邊，不跟你回去了吧？」

聽到特瑞西提及戴利與艾德，阿諾德臉上的笑容逐漸消失，嘆了口氣，道：「戴利失蹤了，我懷疑是精靈族一個通緝犯把他帶走。至於艾德……他已在不久前的一場戰役中犧牲。」

「什麼!?」特瑞西很震驚，上一次他踏足這片土地的時候，一切都還好好的。艾德與冒險者們繼續旅程，戴利興致勃勃地到處採摘草藥……

想不到只過了不久，當他再次重臨這裡時，一切都變了。

特瑞西神色複雜地看向不遠處的馬車，先前沒看到戴利，他還以爲孩子在馬車裡休息呢……

阿諾德順著特瑞西的目光看向馬車，道：「艾德的棺槨在馬車裡。」

特瑞西不由得感到意外，艾德死於龍族領地，他本就無親無故，理論上葬在那裡就好。可阿諾德與諾亞特意帶走他的屍體，是在龍族那裡發生了什麼事情嗎？

雖然心裡疑惑，不過現在不是詢問詳情的時候。特瑞西相信阿諾德早晚會把事情告知他們，於是便把這事放到一旁，先帶客人上船。

特瑞西安置好諾亞與路加後，便與士兵們找上阿諾德，向他查問詳情。

由於戴利經常到軍團找阿諾德，特瑞西他們與這孩子很熟悉。戴利在他們軍團中，就像是個吉祥物般的存在。

自從阿諾德承擔起照顧戴利的責任後，也許是爲了給孩子一個好榜樣，辦事勤奮了不少，爲人也愈發地有擔當。大家都欣慰於阿諾德的改變，也愛屋及烏地喜歡戴利這個小孩。

因此聽說孩子失蹤了，還很有可能是被拐走，船員們都非常擔心，紛紛來找阿諾德打探消息。

另外，這些人也很感激艾德曾經救了阿諾德的性命，得知對方戰死，棺槨此刻正在自己船上，很想知道中間到底發生什麼事了。

軍團中的士兵是共事多年的同伴，都是阿諾德信任的人，他便把這段時間發生的事情全告訴了他們。包括他與戴利怎樣撿到奧布里，被他的花言巧語所欺騙，最後戴利被對方帶走後失蹤。

至於艾德的死亡，雖然阿諾德趕到戰場時已塵埃落定，沒有親眼見到到底發生了什麼，可從眾人的態度、現場的環境，以及冒險者們的對話，阿諾德基本猜到艾德是被龍族背刺了。

聽過阿諾德的敘述，特瑞西恨鐵不成鋼地說道：「你怎麼如此輕易便著了別人的道，還將戴利交給對方？」

阿諾德也很懊惱：「那小子人模人樣的，看起來很和善，戴利也很喜歡他，誰知道竟然是個通緝犯？都怪我太輕率，當時只想著有人幫忙照顧戴利一會就好，沒有想太多。」

特瑞西也知道不能怪阿諾德，畢竟有心算無心，阿諾德又怎會想到隨便救了一個人，而那人卻是通緝犯呢？

那個奧布里面面俱到，說的話沒有明顯破綻，又輕易獲得小孩子的歡心，顯然是個專業的。以阿諾德的粗線條，還不被人玩弄得團團轉嗎？

他們早已知道結局，看這件事自然覺得處處是疑點。可是當局者迷，當事情發生在自己身上的時候，很多時候便無法這麼客觀地分析了。

只能說奧布里挑選的時機很好，他一直安安分分地待在阿諾德身邊，獲取他們的信任。直至阿諾德發現魔族入侵，在危難之間，他挺身承擔照顧戴利的責任，阿諾德又怎會多生疑心？

人在危急關頭難免慌亂，阿諾德擔心冒險者們的安危，便忽略了身邊的危險，著了奧布里的道。

想到這裡，特瑞西嘆了口氣，詢問：「現在你有什麼計畫？」

阿諾德苦惱道：「只能走一步、算一步了，我打算到精靈森林打探一下奧布里的情報，說不定能夠找到什麼線索。另外使者大人說會把這事情告知生命之樹，看看能否獲得協助。」

聽到諾亞會向生命之樹求助，特瑞西這才安心了些。傳說最初的精靈是由生命之樹誕生，生命之樹說是精靈族的老祖宗也不爲過，說不定還眞的有找到奧布里的方法。

走海路比陸路快捷多了，加上最近天氣很好，海面風平浪靜，帆船很快便靠岸。接下來他們只要再走幾天的路、越過一座茂密的森林，便能到達目的地。

特瑞西他們很想與阿諾德一起走，他們實在很擔心戴利的狀況，只是身爲海軍的他們，這次出航有任務在身，不能說走就走。阿諾德作爲戴利的負責人，孩子失蹤他去尋，還說得過去，可總不能整個軍團都罷工尋人。

於是他們在叮囑阿諾德有任何消息立即通知他們後，憂心忡忡地離開了。

森林是精靈族的主場，諾亞更是與植物親和力最高的精靈，因此一路上暢通無阻，植物還隨時回饋路上的情況，幾人總能及時繞過危險。

在一路植物們的協助下，各種美味水果不缺，因爲擔心戴利而專注趕路的阿諾德沒有花時間另外狩獵，喜好肉食的他隨了精靈們的飲食，乾糧拌水果便是一餐。

相較於諾亞亮眼的表現，路加便很沒存在感。不過想想也不奇怪，有白色使者這個植物親和力滿點的人在，其他精靈族自然沒有表現的機會。因此阿諾德倒是沒有多想，只覺得這個斗篷人的話也太少了，比諾亞更像個社恐。

三人抵達精靈森林後，阿諾德終於見到眞正的傑瑞德了。

他在外面遇到的「傑瑞德」果然是個騙子，二人除了同是精靈族，就沒有其他相同之處！

傑瑞德得知阿諾德的遭遇後，頓時有種同是天涯淪落人的感慨。他本就是個健談的人，知道阿諾德在尋找被奧布里帶走的妖精，更是知無不言，把所有與奧布里有關的事情都告訴了阿諾德。

阿諾德與對方談了一會，對奧布里的爲人有了初步了解。得知在奧布里的眞面目曝光以前，精靈們也被他騙得團團轉，阿諾德不由得咂舌，心想那還眞是個不得了的騙子，就連朝夕相處的族人都完全沒有察覺到不妥。

聽到奧布里還販賣族中的幼兒時，阿諾德直皺眉，頓覺對方比自己想像的更加心狠，對戴利的處境也更加憂慮了。

諾亞將艾德的棺槨交給族人好好安葬後，便要帶阿諾德與路加晉見生命之樹。

阿諾德驚訝地看向路加，詢問諾亞：「他也一起去嗎？」

他們去談戴利失蹤的事，路加去湊什麼熱鬧？

諾亞解釋：「是生命之樹要求的，路加是祂很喜歡的一個族人。」

阿諾德有些訝異地打量著路加完全不露臉的模樣，覺得生命之樹的喜好還頗獨特呢！

在諾亞的帶領下，他們很快便來到生命之樹面前，只見生命之樹的樹靈已經幻化成人形，在本體前等待著他們。

三人恭敬地向生命之樹行了一禮，生命之樹的視線環視三人，在看向路加時稍微停頓，欣慰地說道：「平安回來就好。」

阿諾德看了看生命之樹，又看了看路加，心想諾亞的話說得一點也不錯，生命之樹似乎眞的很喜歡路加，還特意與他打了聲招呼呢！

隨即生命之樹便把視線投向阿諾德，阿諾德連忙把自己認識奧布里，並且被對方欺騙的事情說出，最後道：「這次前來是想請您幫忙，不知您有沒有找到戴利的辦法？」

生命之樹不禁爲他的異想天開失笑：「你應該知道，奧布里不僅誘拐了你照顧的那名妖精，在此以前還販賣了精靈族人。如果我眞的有辦法，奧布里早已被抓了，也不會去禍害你照顧的孩子。」

阿諾德不甘就這樣離去，追問：「可傳說不是說，生命之樹是精靈族的老祖宗嗎？您就沒有任何控制或者追蹤精靈族的方法？」

生命之樹搖了搖頭，道：「即使精靈族由我而誕生，可在他們降生在魔法大陸時，便已是獨立的生命，並不受到我的掌控。」

阿諾德失望地嘆了口氣，既然生命之樹無法幫忙，他只得去尋找其他方法了。

然而在阿諾德正要告辭之際，生命之樹突然像想起了什麼般，取出了一枚金色的珍珠。

這枚珍珠看起來就像顆圓潤的星星，倒是挺可愛的。不過珍珠以正圓爲貴，這枚珍珠顯然價值不高，不太符合生命之樹尊貴的身分。

阿諾德感到很奇怪，爲什麼生命之樹突然拿出一顆珍珠，而且這種金色的不規則珍珠……看起來有些眼熟？

生命之樹很快便解答了阿諾德心裡的疑問：「這枚珍珠是艾德交給我的，應該是那個妖精送給他的禮物對吧？」

阿諾德頓時想起當初他哄騙戴利這些不值錢的珍珠是寶物，那孩子小心翼翼地收起來的模樣。

好傢伙，這小子原來把自己的寶貝珍珠送了一顆給艾德。

阿諾德不禁有些吃醋。

生命之樹有些奇怪地看了一眼阿諾德陰晴不定的表情，續道：「當初我看中這枚珍珠，是因為它有著令我感到親切的氣息，以及孩子真摯的感謝。又因為這珍珠曾經被艾德收藏，吸收了一些光明氣息，令它的力量變得純粹又獨特。雖然我無法追蹤奧布里，但也許這枚珍珠能找到那孩子。」

生命之樹伸出手指點了點珍珠，便見它瞬間生根發芽，變成了一朵小巧漂亮、星星形狀的金色花朵。

生命之樹解釋：「這朵花本質上依然是那枚珍珠，它不需要泥土與水分，我只是讓它變換了形態，方便你們使用而已。它能探知那名妖精的氣息，花朵的朝向便是對方所在的方向。」

說罷，生命之樹遞出花朵，阿諾德正要伸手接過，卻見對方直接把花朵放到路加懷中。

猝不及防地懷中被塞了一朵花的路加：「！」

接空了的阿諾德：「？」

只見生命之樹指派道：「路加，你負責帶著這朵花去找人。」

阿諾德都傻眼了，爲什麼要把花交給路加這個陌生人呀？

路加似乎也不太想接這份差事，然而當他要把花交給阿諾德時，不知爲何頓了頓，隨即又把手收了回去，道：「好的，我會好好保管這朵花的。」

再次接空的阿諾德：「……」

不是……你又不認識戴利，到底在湊什麼熱鬧!?

就在阿諾德感到莫名其妙之際，一旁的諾亞毛遂自薦：「那我也一起去吧。」

被白色使者要求組隊，阿諾德受寵若驚之餘，也覺得這情況眞的有些奇妙。

突然變成了三人行了呢！

生命之樹可不管阿諾德那微妙的心情，自覺已把事情交代好後，便揮了揮手，四周出現一股水紋似的波動，眨眼間，巨大無比的生命之樹便從眼前消失了。

阿諾德知道生命之樹當然不是眞的消失，只是他們三人被驅逐出精靈族設立的、用來守護生命之樹的結界外罷了。

還眞是簡單粗暴的逐客令。

不過阿諾德沒有絲毫不滿，他很感激生命之樹的幫忙。現在他終於有了方向，可以出發去尋找戴利了！

看著放在路加掌心的金色花朵，阿諾德想起戴利獲得這些珍珠時那副驚喜又可愛的模樣，不禁勾起了嘴角。

不知道這枚戴利送給艾德的珍珠，爲什麼會到了生命之樹手中？

現在全靠這小東西，給予他找到戴利的希望。

戴利的妖精氣息令生命之樹感到親切，孩子真誠的感謝有著無形的守護力量，艾德的珍藏令它沾染上光明之力……

這是由各式各樣的巧合，組合成的一朵奇蹟之花。

也許冥冥之中，是艾德在天之靈，在保佑著戴利吧？

《光之祭司 08 光明隕落》完

✧後記

大家好！

今年的夏天眞的太熱了，寫這篇後記時中秋剛剛過去，但天氣仍是非常悶熱。

過兩天會與朋友去郊外露營，原本是約在今年一月份，可惜因爲當時疫情嚴重而延期。回想那時候的我，以爲中秋後的天氣會變得清涼，眞是太天眞了！

不過我還是挺期待的，已經很久沒有出國了，這次的露營就當作是去旅行吧～

以下內容嚴重劇透，強烈建議大家先看內文喔！

這還是第一次故事未完結，我便讓主角領便當了。

驚不驚喜？意不意外？

當描述艾德死後的情節時，不知爲何總覺得與言情小說中的「追妻火葬場」有異曲同工之妙XD

大概因爲兩者都是「擁有的時候不懂得珍惜，失去了才感到後悔」吧？

隨著艾德的死，故事也要進入尾聲了。

世界上最後一個人類已死，阻擋深淵的結界崩潰，魔族將大舉入侵……到底魔法大陸能不能絕地反擊？請大家拭目以待啦！

另外，不知在阿諾德與戴利救起受傷的精靈時，大家有猜到他的眞正身分嗎？

騙子眞的很可怕，他們會默默觀察你的一切，抓準弱點、趁虛而入。當你注意到的時候，已經陷入騙局中，無法脫身了。

最近不少人被騙去東南亞，一開始聽到這消息時，我還在想都什麼年代了，竟然有人會相信這種「賣豬仔」的騙局嗎？

後來愈來愈多相關資訊流出，在更加了解詐騙的過程後，我驚訝地發現，現在的騙局竟然這麼高明。

有些時候，不是受害者太愚蠢、太貪婪，而是騙子的手段太厲害了。

也許我至今仍沒有受騙，只是因爲沒有碰上一個針對自己的高明騙局而已。人總有弱點，我也很難保證自己遇上詐騙高手時，是否眞的能夠全身而退。

只能說旁觀者清，下決定之前，多聽別人的意見，說不定就能夠躲過一個危險的騙局了。

也請大家時刻保持警惕，有一定危險性或有不少不穩定狀況的地方，盡量別去旅遊啦。

希望那些被騙到東南亞的受害者，最終能夠平安回來吧！

香草

光之祭司

Priest of Light

【下集預告】

✦光之祭司✦

魔法大陸疫症橫行，
害人的藥劑卻出於備受各種族呵護的妖精族之手？

深淵魔物大舉入侵，黑暗不斷侵蝕大地，
失去光明祭司的冒險團隊前往最後的神殿，
沒想到竟在其中發現了驚人祕密……

久遠之前人類留下的希望火種，
能否再次照亮大地？

完結篇〈光耀大地〉
～2023年國際書展，敬請期待～

國家圖書館出版品預行編目資料

光之祭司 / 香草 著.
——初版. ——台北市：魔豆文化出版：蓋亞文化發行，2022.10
冊；公分.（Fresh；FS198）
ISBN 978-626-95887-7-0（第八冊：平裝）
857.7 111014487

fresh FS198

光之祭司 8

作　　者　香草
插　　畫　阿蟬
封面設計　克里斯
助理編輯　林珮緹
總 編 輯　黃致雲
發 行 人　陳常智
出 版 社　魔豆文化有限公司
發　　行　蓋亞文化有限公司
地址：台北市103承德路二段75巷35號1樓
電話：02-2558-5438　傳眞：02-2558-5439
電子信箱：gaea@gaeabooks.com.tw
投稿信箱：editor@gaeabooks.com.tw
郵撥帳號 19769541　戶名：蓋亞文化有限公司
法律顧問　宇達經貿法律事務所
總 經 銷　聯合發行股份有限公司
地址：新北市新店區寶橋路二三五巷六弄六號二樓
電話：02-2917-8022　傳眞：02-2915-6275
港澳地區　一代匯集
地址：九龍旺角塘尾道64號龍駒企業大廈10樓B&D室
電話：+852-2783-8102　傳眞：+852-2396-0050
初版一刷　2022年10月
定　　價　新台幣 199 元
Published and printed in Taiwan

ISBN 978-626-95887-7-0

魔豆

魔豆